D&M
I will take over that dungeon from my home.
某大手ダンジョンをクビになったので、実家のダンジョンを継ぎました。
雉子鳥幸太郎
イラスト 細居美恵子
1

イベント打ち上げ
絵鳩理俐
近所に住む女子高生。ダンジョンに興味があり、ジョーンのお店に通っている。
紅小谷鈴音
超大手ダンジョン情報サイト、「さんダ」の管理人。ジョーンを気に入り手助けしてくれる。

矢鱈掘介
有名プロダイバー。激レアモンスター・ラキモンに目を付け、D&Mの常連客となっている。
壇ジョーン
本作の主人公にして、D&M店長。皆に助けて貰いながら、楽しくダンジョン運営中。

ダンジョン準備中
ラキモン。それ、各階層にバラ蒔いてくんない？
うぴょっ！ ダンちゃん行ってくるラキ！
ラキモン
ジョーンに懐いて一緒に東京からやってきた。倒すと獲得DP二倍の激レアモンスター。

I will take over that dungeon from my home.
某大手ダンジョンを
クビになったので、
実家の
ダンジョンを
継ぎました。
1
雛子鳥幸太郎
イラスト 細居美恵子

本文・口絵イラスト：細居美恵子
モノクロデザイン：ＡＦＴＥＲＧＬＯＷ
佐藤孝宏

*I will take over that dungeon from my home.*

# 目次 Contents

# 第1話　クビになりました。

さてさて、何から話そうか。

俺《おれ》の話をする前に、まずはダンジョンについて話しておくべきだろう。


まず、ダンジョンとは温泉のようなものだと考えて欲しい。

源泉の如《ごと》く世界中に存在していて、こうしている間にも、専門業者や、企業《きぎょう》、個人によって探されている。ダンジョンの規模や性質は、コアの質、大きさによって様々で、運よく立地の良い大規模なダンジョンを見つけた日には、孫の代まで喰《く》いっぱぐれる事はないだろう。ちなみに、ダンジョン内に発生するモンスターやアイテムなどは、コアがある限り復活する。

だが、右肩上《みぎかた》がりだったダンジョン業界も過渡期《かとき》に入り、国内のダンジョンコアは、ほぼ探しつくされたと言ってもいい。もはや、好立地物件など夢物語……。一部コアを移設する方法もあるという話を聞くが、成功率は安定していない。仮に確立された手法があったとしても、わざわざ外部に漏《も》らすような商売人はいないだろう。


——おっと、前置きが長くなってしまった。

では、本題に入るとしよう。

これは、とある業界最大手のダンジョンをクビになった、俺の話だ。

全国百五十ヶ所にダンジョンを展開する、国内最大手企業ダンクロ。

ダンクロと言えば、業界で初めて管理人を常駐《じょうちゅう》させ、24H探索無制限《フリーダイブ》を打ち出し、成功を収めた大企業。TVCMもバンバン打っていて知名度も高い。日本でその名を知らぬ人はいないだろう。もちろん、俺も例外ではない。


さて、ダンジョンを探索するには、ダイバー免許《めんきょ》という国家資格が必要だ。

俺は、高校を卒業して直《す》ぐにダイバー免許を取得した。一発合格だった。

元々ゲーム好きだった俺は、ダンジョン沼《ぬま》にどっぷりとハマる。

就職もせず、毎日のように探索を繰《く》り返し、いつの間にか、近所のダンクロ笹塚《ささづか》店でバイトをするようになっていた。これは、ごく自然の成り行きだったのだと思う。

そして、バイトを始めて三年が経《た》ったある日、俺に人生のターニングポイントが訪《おとず》れる。

──そう、ターポだ。

「あ、そうそうお前、明日から来なくていいよ」

「え？」

俺は、突然《とつぜん》の言葉にわけがわからなくなり、店長の表情から答えを探そうとする。だが、やたら日焼けして黒光りする顔が、いつにも増して、憎《にく》たらしく見えただけだった。

「え？　じゃなくてさ。はは、悪いね。新しく社員が入る事になったからさ」

「そ、そんな……」

おいおい、いきなりそれはないだろう。

いくらバイトとは言え、労働基準法というものがあるのだ。

「ま、一ヶ月分は出すから。それと、ウチは毎月契約更新《けいやくこうしん》だから訴《うった》えても無駄《むだ》だからな？」

「……ぬ」

「じゃ、そういう事で。おつかれさん」

そう言って、あざけるように笑った後、まるで追い払《はら》うように手を振《ふ》る。

俺は返す言葉も無く、管理者室を出た。

ダンジョンの通路を歩き、待機所のある地上へ向かう。

呆然《ぼうぜん》自失に地上へ向かう姿は、さながらゾンビのように見えたであろう。

今なら、ダイバーに斬《き》りかかられても文句は言えまい。

重複になるが、ダイバーというのは、ダンジョンを探索する資格を持った人の事を指す。


――話を戻《もど》そう。

突然、言い渡《わた》された解雇《かいこ》通告。

自分なりに、頑張《がんば》っていたつもりだった。

出勤日には欠かさずダンジョン内の点検、清掃《せいそう》も行い、訪れたダイバーには、大手チェーン店だからと気を抜《ぬ》かずに笑顔《えがお》で接客をした。その日のおすすめ探索ポイントを、自発的に作って配ったりもした。自分で言うのもなんだが、ダイバーたちからの評判も良かったのだ。それは大量に貯まった俺のチップ（ＤＰ《ダンジョン・ポイント》）が物語っている。なのに……。

「はあ……」

待機所で溜息《ためいき》をつく俺を、皆《みな》は腫物《はれもの》にでも触《さわ》るかのように扱《あつか》う。

深入りをしたくないのだろう、その気持ちはわかる。

そんな中、一番仲の良かったバイトリーダーの曽根崎《そねざき》さんが声を掛《か》けてくれた。

「よお、聞いたわ。お前、これからどうすんの？」

「まあ、どうしようもないですからね。とりあえずは……考え中です」

「そっか。また、別のダンジョンで働けばいいじゃん。絶対雇《やと》ってくれるだろ？」

「うーん。ちょっと今は考えられないです」

「あれだったら、ほら、東久留米《ひがしくるめ》のとこ。紹介《しょうかい》してやるから、元気出せよ」

「ありがとうございます、気を遣《つか》わせちゃって、すみません」

「はは、気にすんなって。じゃあ、その気になったら言ってこいよ」

そう言って、リーダーは待機所を後にした。

いい人だなぁ……。

しみじみと感じながら、俺は今後について思案を巡《めぐ》らせてみる。

「ダンジョンか……」

そう呟《つぶや》いて、再認識《さいにんしき》する。そうだ、俺はダンジョンが好きだ。

何と言っても夢が、感情を揺《ゆ》さぶられる冒険《ぼうけん》が――ダンジョンにはある。

まぁ、残念ながら、ダンジョン内で得たアイテムは持ち出せない。でも、DPというポイントに交換《こうかん》することもできるし、そのDPは現行通貨に交換もできる（レートは1DP＝1円　営業者の場合はこれにダンジョン税20％が掛かる。DPは主にモンスターを倒《たお》す事と、ドロップした宝箱などから得られる）。

さらには、ダンジョン探索を生業《なりわい》とする人たちも存在する。これはプロダイバーと呼ばれ、歴《れっき》とした職業として社会的にも確立されているのだ。

ただ、いくら職が無くなったとはいえ、プロダイバーになる気にはなれなかった。

あくまでもダンジョンを楽しみたいという思いもあるが、プロとして喰っていくには、最低でも一日10,000DPを稼《かせ》がなくてはならない（これはキツイ。沼にハマった俺でさえ、一日7,000程度が限界）。

それで、やっと、サラリーマン並みの稼ぎが手に入るのだ。風邪《かぜ》でもひいた日には、その日の稼ぎはゼロ。若いうちなら何とかやっていけるかも知れないが、どうにもリスクが高すぎると俺は思う。

そう、やるならば――ダンジョン経営だ。

そうだ起業だ！　旗をあげよ！　人生という荒波《あらなみ》を見事乗り越《こ》えるのだ！

しかし、肝心《かんじん》のダンジョンが……。

その時、父の顔が脳裏《のうり》に浮《う》かび――ぐるぐるぐるぐる走馬灯が流れる。


父『母さんの実家にあるダンジョンも、そろそろ処分を考えないとなぁ……』


俺にはダンジョンがあるかも知れない！

OMG《オーマイガッ》！　何というご都合！

いや、ある！

確か、四国の実家には、爺《じい》ちゃんが一人で住んでいたはずだけど……。

ちなみに、俺の父は米国人の為替《かわせ》トレーダーで、母はプログラマーの日本人。二人とも職場ではかなり重要なポストに就《つ》いているらしく、超多忙《ちょうたぼう》な毎日で殆《ほとん》ど家には帰らない。なので、連絡《れんらく》はもっぱらSNSで済ませている。

家族関係が希薄《きはく》とまでは思っていないが、いわゆる放任主義だろうなと感じることはある。まあ、我が家のモットーは『自分の食い扶持《ぶち》は自分で稼ぐ』なので、俺は金持ちの両親を持ちながらも、スネを齧《かじ》る事を許されず、日々薄給《はっきゅう》のバイトに明け暮れていたのだった。

そうそう、言い遅《おく》れたが、俺は皆が羨《うらや》むハーフである（見た目は純日本人なので恩恵《おんけい》なし）。

――失礼、話が逸《そ》れた。

そんな事を考えていると、待機所のドアが静かに開いた。

『ダンちゃん……辞《や》めちゃうって本当ラキ？』

「ラキモン……」

黄色いバスケットボールに、短い手足が生えたような姿を見せたのは、当ダンジョン人気の秘密でもある、ＤＰ倍増レアモンスの『ラキモン』だった。

まあ、ク○上司は、ダンクロの看板でダイバーが来ていると思っているが、全くの見当違《けんとうちが》いだ。間違いなくダイバーたちを集めているのは、このラキモンである。

ラキモンが生息するダンジョンは全国でも少なく、出現頻度《ひんど》も少ないうえに、運良く発見したダイバーは競合を恐《おそ》れて、情報をめったに流さない。現にスタッフの中で、この笹塚ダンジョンにラキモンが出現すると知っているのは、俺とリーダーぐらいだ。

『ダンちゃんいないと寂《さび》しいラキ……』

「そんな事言われると、俺も寂しくなっちゃうよ……」

ラキモンは、樟《しょう》気《き》香《こう》というチョコバーみたいなお香《こう》が大好きで、あげるとそのままポリポリ美味《おい》しそうに齧るのだ。俺はそれを知ってからというもの、出勤前に百円ショップで買ってはラキモンにあげていた。そのせいもあって、ラキモンは俺に良く懐《なつ》いてくれていた。本当は、ダンジョン内のモンスターに勝手にあげちゃ不味《まず》いんだけど、クビになった今となってはどうでもいい。

「どうだ？　今日は忙《いそが》しいかい？」

『遭遇率《そうぐう》はそこそこラキねぇ。今日は八回も追いかけられたラキ～』

「そりゃ大変だな。そうだ、後で瘴気香持っていってやるよ」

『うっぴょー！　ラキ～！』

ラキモンは、ぷにぷにとした身体《からだ》を弾《はず》ませて跳《は》ねている。

うーん、癒《い》やされる光景。

『ダンちゃん、これからどうするラキ？』

おっと、さっきから気になってる人も多いと思うので言っておく。

俺の名前は壇《だん》・ジョーンだ。よろしく。

「うーん、実はさ、実家に放置気味のダンジョンがあるんだけど、それを使えるようにしようかなって思ってる」

『ホントラキ⁉　ならラキも連れてってラキ！』

「え？」

俺は自分の耳を疑う。

『ダンちゃんと一緒《いっしょ》がいいラキ！』

「ふぁ⁉」

『行くラキ～！　行きたいラキ～！』

駄々《だだ》をこねる子供のように、ウジウジとその場で身を捩《よじ》るラキモン。

「……」

――はい、勝った。


はい、俺の人生、勝ち確定なんだが？

突然で驚《おどろ》いた？

いやいや、もう、これはもしかすると、もしかしないでも、俺の人生勝ち確定。

何をそんなに興奮してるのかって？

当たり前だろ、ラキモンだぞ、ラキモン？

ただのモンスじゃないんですが？

DP倍増の超レアモンスなんですが？

いやぁ～、悩《なや》んでたのが嘘《うそ》みたいだ。俺には、足繁《あししげ》く通うダイバーたちの姿が見える。

え？　ダンジョンの物は外に持ち出せないだろって？

至極《しごく》、ごもっともな意見です。

これには方法があって、モンスターをアイテムとして保管すればいいんだけど、普通《ふつう》は無理。

だって、モンスターが嫌《いや》がるよね？

でも、今回みたいに、モンスターが全面的に受け入れてくれるなら大丈夫《だいじょうぶ》。

ダンジョンには、デバイスと呼ばれるクラウドのような、所持DPやアイテムを管理できる端末《たんまつ》があって、ダイバー免許がそのIDカードになっている。

使い方は簡単で、受付でIDを渡して、自分の装備やアイテムを指定したり、DPを消費してア

イテムと交換したりできるのだ。

ボックス内のアイテムは、他のダンジョンのデバイスからも使用が可能。

だから、ラキモンがアイテムボックスに入った後は、実家のダンジョンデバイスからラキモンを取り出すだけの――簡単なお仕事なのです。


今なら、あのク〇上司にも笑って挨拶《あいさつ》できるよね。

まあ、もう関係ないけど。


さあ、そんなわけで俺はやりますよ。やってやりますよ?

実家のダンジョンを日本一にしてやりますわ!

我、ここに天啓《てんけい》を得たりぃっ!

「オホン!」

俺は咳《せき》ばらいをして、可愛《かわい》い目をパチパチさせているラキモンに言った。

「じゃ、じゃあ、一緒に帰ろうか?」

『やったラキ!　行くラキー!』


こうして、俺のハイパー・ダンジョン・サクセスストーリーが始まった。

～ダンジョン六ヶ条～

一．ダンジョン内で得た物は持ち出せないが、全《すべ》てDPに交換できる。

二．ダンジョン内で得たDPは現行通貨やアイテムなどと交換ができる。

三．ダンジョン内で得た物はデバイスを通じ、別ダンジョンでも共有、使用ができる。

四．ダンジョン内で力尽《つ》きたダイバーには、所持DPにペナルティが課せられる（二割減）。

五．ダンジョンに潜《もぐ》る為《ため》には、国家資格であるダイバー免許が必要である。

六．ダンジョン所有者及《およ》び管理人は、ダンジョン協会への登録が必要である。尚《なお》、その際、協会から貸与《たいよ》されるモニタリングデバイスを使用する事により、訪れたダイバーの個人情報及び動向を遠《えん》隔《かく》視する事が許される。

**所持DP…………　7000000**

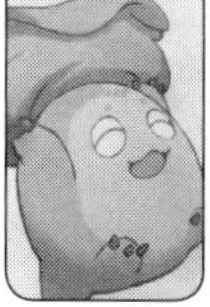

# 第2話　実家に戻《もど》りました。

～お知らせ～

すでに、ラキモンは俺《おれ》のアイテムＢＯＸの中に保管されています。

すでに、ラキモンは俺のアイテムＢＯＸの中に保管されています。


さて、俺は有頂天で笹塚《ささづか》ダンジョンの皆《みな》に別れを告げ、色々と買い物を済ませた後、家路に着く。

リーダーが柄《がら》にもなく涙《なみだ》ぐんでいたのが印象深い。

見送ってくれた、他のモブバイトフレンズもありがとう。

そして、申し訳ない！

ラキモンが消えた今、笹塚ダンジョンから客足が遠のくのは自明の理。

そして、俺ほど接客に長《た》けたバイトがいないとなれば……。

頑張《がんば》れ！　リーダー曽根崎《そねざき》！


そんなこんなで、家に戻った俺は、早速《さっそく》、父親にメッセージを送ってみた。

『あのさー実家のダンジョンって、俺が貰《もら》ってもいい？』

『爺《じい》に』

『り』

ス、スマートすぎる……。
我が父ながら、なんという無関心。尊敬に値《あたい》する。
心置きなくマーケットと戦ってくれ。
（ちなみに前回も言ったが、俺の父は為替《かわせ》トレーダーである）

次に、爺ちゃんにもメッセージを送る。
『爺ちゃん久しぶり。元気？　実家のダンジョンさー、あれ継《つ》ぎたいんだけど？』
『帰ってくるんか？』
『都合悪い？』
『あれ（ジョーンの母）には黙《だま》っとけよ？　今、女と同棲《どうせい》中や』
『まじで？』
『黙《だま》っとるなら、部屋は空けとくぞ？』
『り、帰ります！』
おいおい、今年七十は過ぎてたよね……？

俺の爺ちゃんは田舎《いなか》で農家のまとめ役をしている。
農家と企業《きぎょう》を直接結ぶアプリを開発して、ご近所の農家連中と荒稼《あらかせ》ぎをしているらしい。当然、ダンジョンなどやる必要もないわけだ。

金、女、稲《いね》。すべてを手にしたわけか……。

その日の夜、俺は荷造りを済ませて、夜行バスに乗った。

——さらば東京。

目が覚めれば、四国、我《わ》が故郷《ふるさと》、うどん県だ！


プシューッというバスの扉《とびら》が開く音で目が覚めた。

外に出て背伸《せの》びをする。

「ん……ふぅ～」

空気は……変わらないな。うん。

「ジョーン！　おーい！」

声の方を見ると懐《なつ》かしい顔が。

「爺ちゃん、久しぶり！　元気だった？」

昔見た時と殆《ほとん》ど変わらない。

長い白髪《はくはつ》を後ろで一つに束ねて、まるでサーファーのように引き締《し》まった身体《からだ》をしている。

「いやぁ、大きくなったのぉ？　二十年ぶりか？」

「いやいや、そんなには経《た》ってないよ」

「ははは、まあまあ、それより飯は食うたんか？」

「まだだけど」

「よし、旨《うま》いもん食わしてやる、さあ乗れ」

「ありが……」

荷物を載《の》せようとして、俺は目を疑った。

爺ちゃんが乗れと言う車、おいおいＢＭかよ。

「ちょ、これ……」

「ん？　これか？　ええやろ？　女子ウケ抜群《ばつぐん》や」

「そ、そうなんだ……」

「ま、必要経費っつうやっちゃ。女遊びにも金がかかるんじゃ、ひゃっひゃっひゃ」

この現役感《げんえき》、凄《すご》すぎる。

ともかく、長閑《のどか》な田舎道をＢＭは颯爽《さっそう》と走り出した。

二人を乗せたＢＭは、山の中腹にあるうどん屋に着いた。

やはり香川といえば、讃岐《さぬき》うどんである。

舗装《ほそう》もされていない空き地に、無造作に置かれたＢＭが輝《かがや》く。

「やっぱ、うどん喰《く》わなきゃ始まんないよね」

店内に入り、うどんを啜《すす》りながら、久しぶりに味わうコシの強い麺《めん》に舌鼓《したつづみ》を打つ。

「お前、なんでまたダンジョンなんてやるんや？　ワシの仕事手伝えば儲《もう》かるぞ？」

一瞬《いっしゅん》、心を揺《ゆ》さぶられた。不意打ちか⁉

『儲かるぞ……もうかるぞ……モウカルゾ……』

クッ、なんというパワーワードだ！　臓腑《ぞうふ》ごと持ってかれる！

いかん、耳を塞《ふさ》げ！　遮断《しゃだん》しろ！　ウリィィィイ……。

――色即是空《しきそくぜくう》、空即是色《くうそくぜしき》。

ダンジョンダンジョンダンジョジョジョン……。


秒数にして二秒程《ほど》の戦いに打ち克《か》った俺。

「うーん。まあ、ちょっとやってみたくてさ」

「変わった奴《やつ》や。まあ、ワシの親父と似たんかもな」

「ひい爺ちゃん？」

「ああ、そもそも親父《おやじ》がダンジョンをやっとったんじゃ」

爺ちゃんはうどんを食い終わると「一時はだいぶ人も来よったけどなー、ほれ、ダンクロあるやろ？　あれが幅《はば》を利《き》かせ始めてからは減る一方でなぁ、親父も最後の方は諦《あきら》めて、入り口を塞いでしもうたのよ」と言う。

「へー、そうなんだ」

そうか、丁度ダンクロが全国展開を始めた時期なのか。

「まあそんなやから、お前の好きにしたらええ」

「うん。ありがとう」

よし、これでダンジョンは俺のものだ！

俺は残ったうどんを一気に啜った。


実家に着いて、荷物を下ろす。

「この部屋使え。夜はその辺のもん適当に喰うたらええ」

「うん、わかった」

「ワシ、これとちょっと出かけるから」

と、ニヤける爺ちゃんの隣《となり》に、四十代ぐらいの女性が立っている。

「初めまして、陽子《ようこ》といいます」

物腰《ものごし》の柔《やわ》らかな大人の女性。若い時はさぞモテたんだろうなと思う。それに何より目のやり場に困るほど、立派なモノをお持ちで……。

「あ、どうも。ジョーンです」

それ以上、会話が続くわけもなく、爺ちゃんに目で助けを求めた。

「じゃあ、ダンジョンは裏の奥《おく》にあるからな。まあ、好きにしてろ。何か困ったら連絡《れんらく》入れてくれ」

「うん、そうする」

俺は軽く頭を下げ、手を繋《つな》いでBMへ向かう二人を見送った。

「よし」

そう呟《つぶや》いて、俺は荷物の中から、買っておいた瘴《しょう》気香《きこう》や、精製水、歯ブラシなんかを取り出してバッグに入れる。あとは、土を掘《ほ》るのでスコップが必要だ。幸い、実家は農家。農作業の道具には事欠かない。納屋《なや》から手頃《てごろ》なスコップを拝借して、ダンジョンの様子を見に行くことにした。


「この辺かな……」

家の裏手に回り、広めの獣道《けものみち》沿いに進むとそれはあった。

茂《しげ》みに隠《かく》れるように、ひっそりと佇《たたず》むように。

はやる気持ちをおさえ、木枝を押《お》しのけると、ダンジョンはその姿を現す。

「これだ、間違《まちが》いない」

しかし、入り口は木板で塞がれていて、その全容はまだ見えない。

とりあえず、目の前の板を触《さわ》ってみる。

木板は既《すで》にボロボロで、手で引っ張ると簡単に外れた。

「よぉしっ！」

俺は片っ端《ぱし》から板を外していく。

全部外し終えたころには、うっすらとTシャツに汗《あせ》が滲《にじ》んでいた。

「おお……」

思わず感嘆《かんたん》の声が漏《も》れる。

訪《おとず》れし者を深淵《しんえん》に誘《いざな》うかのように、ぽっかりとその口を開いたダンジョン。
岩肌《いわはだ》から氷柱《つらら》のように垂れ下がる蔓《つる》が良い味を出してる。
「へぇ、意外と大きいな」
入り口の幅も十分だし、高さも三メートルぐらいあるか。
うん、いいねぇ。このシチュエーション。
ダンジョンはこうでなくちゃ。
最近のダンジョンは、街のど真ん中にあったり、ビルの中にあったり味気がない。
そう、俺は前々から、ファンタジー感に欠けると思っていたのだ。
だが、これはまさにダンジョン。
くぅー。

俺は百均で買った懐中電灯《かいちゅうでんとう》を点《つ》けて中へ入った。
入り口の隅《すみ》に、旧式のモニタリングデバイスが転がっている。
「これは相当年季が入ってんな」
すでにアンティークの域に達したデバイスは使えそうにない。
うーん、これは交換《こうかん》だな。
元の場所へ置いて、さらに奥へと進む。

寂《さび》れたとは言え、流石《さすが》はダンジョン。ひんやりとして、広さもまあまあだ。

入り口の光はもう見えなくなって、二度と帰れないかと思わせるこの雰囲気《ふんいき》。

『へへ、ちょいと越後屋《えちごや》の旦那《だんな》ぁ、こりゃあ、まるでシュワルツシルト半径に踏《ふ》み入ったようじゃありやせんか』

『なに？　そいつは聞き捨てならねぇな。だとすりゃあ、コアは特異点だってぇお前さん、そう言いてぇのか？』

などと脳内で小芝居《こしばい》を考えながら進む。

うーむ。一向に何も見当たらない。

「コアが死んでなきゃいいんだけど」

ちなみにコアが死ぬことはない。その活動を休止するだけだ。

しかし、一旦《いったん》休止したコアを再稼働《さいかどう》させるには、それなりの手順が必要なのだ。

ふっ、安心して欲《ほ》しい。

伊達《だて》に大手ダンジョンでバイトをしていたわけじゃない。

過去、何度も新規ダンジョンＯＰＥＮに駆《か》り出された俺は、業者のやり方を盗《ぬす》み見したり、勝手にマニュアルを読んだりして、コア活性化の方法を会得《えとく》済みだ。

「あった！」

最深部に、こぢんまりとした部屋を見つける。

ダンジョンコアという物はそのまま置かれているわけじゃない。大抵《たいてい》は、こんな感じの小部屋に隠されているのだ。

俺はバッグから瘴気香を取り出して火を点けた。

生臭《なまぐさ》い煙《けむり》が漂《ただよ》う。

「うぇっ」

煙は次第《しだい》に小部屋に充満《じゅうまん》していく。

俺は根気強く待った。

数時間経ち、臭《にお》いにも慣れたころ、右の壁《かべ》にぽつんと光が灯《とも》る。

「キターーーー！」

急いで光の場所を掘る。

一メートル程掘り進むと、土の中から朧《おぼろ》げに光る玉を見つけた。

土を払《はら》い、まじまじと眺《なが》める。

——コアだ。

早速、精製水でコアを洗い綺麗《きれい》に汚《よご》れを流す。

この時、使い古しの歯ブラシが役立つので覚えておいて損はない。

小部屋の中央に折り畳《たた》み式の椅子《いす》を広げ、タオルを敷《し》いた上にコアを置く。

そして、新しい瘴気香に火を点けて、椅子の下に入れる。注意点は、瘴気香がコアの真下に来るようにしなくてはいけない。燻製《くんせい》をイメージしてもらうと、わかりやすいと思う。

「よし」

これで準備は整った。

後は、瘴気香を絶やさず、三日間燻《いぶ》し続けた後に一日寝《ね》かす。

瘴気香は一本で一日ぐらい保《も》つから、明日の朝にまた交換すればいいだろう。

俺は来た道を戻り、入り口にあったデバイスを回収して家に戻った。

さてと、協会に連絡して新しいモニタリングデバイスを頼《たの》まないと……。

今はネットで注文ができるのだ。素晴《すば》らしい。

土まみれの鼻の穴をティッシュで掃除《そうじ》しながら、ダンジョン協会のサイトへアクセスして、デバイスの申請《しんせい》を行う事にする。大丈夫《だいじょうぶ》、向こうからは見えない。

「管理番号か」

デバイスの裏に書いてある二十桁《けた》の数字を入力する。

画面にデータが表示された。

---

ダンジョン名：さぬきダンジョン
管理／所有者：壇助六《だんすけろく》
貸与《たいよ》デバイス形式：二〇〇A型

「ふ、古っ！」
そりゃそうか。しかし二〇〇Aって……。
笹塚ダンジョンで使っていたデバイスは八〇〇Cだ。
一体、何年前のデバイスなんだろう？
まあ、それはいいとして、名義も変えないとな。
ついでだからダンジョン名も、もっとカッコよくしたいところだが……。
俺は台所の冷蔵庫から麦茶を取って来て、飲みながら考えた。
画面を見つめる事、数時間。
ようやく入力を済ませると『変更《へんこう》を受け付けました』と画面に表示される。
それがこれだ。

---

ダンジョン名：D&M
管理／所有者：壇ジョーン
貸与デバイス形式：申請中

---

D＆Mはダンジョンは俺にまかせろという意味だ。
色々と思う所はあると思うが、これは俺のダンジョン。
出会いは求めても、異論は受け付けない。
見てろよダンクロ！
ここからは俺のターンだ！

**所持DP**…………… 700000

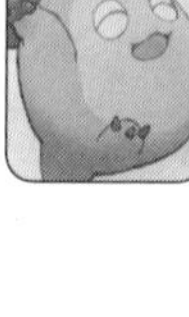

# 第3話　始まりそうです。

初日。

昼、ダンジョンに瘴気香《しょうきこう》を設置。うどん食う。

夕、ダンジョンへ続く獣道《けものみち》の清掃《せいそう》をする。その他片付けなど。

夜、風呂場《ふろば》で陽子さんと鉢合《はちあ》わせになり気まずくなった。うどん食って寝《ね》る。


二日目。

朝、ダンジョンに瘴気香を交換《こうかん》に行く。異常なし。うどんを食べる。

昼、うどんを食べて、ダンジョンへ続く獣道に縁石《えんせき》を並べるが、気に入らないのでやめた。

夜、爺《じい》ちゃんと陽子さんが一緒《いっしょ》に風呂《ふろ》に入るのを目撃《もくげき》する。気まずくなり、うどん食って寝る。


三日目。

朝、ダンジョンに瘴気香を交換に行く。もう少しで終わり。うどん。

昼、うどんを食べていると、モニタリングデバイスが届く。色々と設定する。ワクワクが凄《すご》い。

夜、今後の構想を考える。うどん食って寝る。


そして今日。

ついにコアを瘴気香で燻《いぶ》し始めて三日が過ぎ、今日はダンジョンを一日寝かせる予定なのだが、不味《まず》いことになった。

――この三日間、うどんしか食べていない。

だが、その辺りは俺も若いとはいえ、自立した大人である。

自分でなんとかしたいと思います。

さてさて、今頃《いまごろ》ダンジョンの中ではコアが活性化し、早ければモンスターが発生しているかも知れない。


見たい……。あぁ……見たい。

見たいってばよぉぉぉぉ……。

時計に目をやる。まだ昼前か……。

「はあ、我慢《がまん》我慢」

一日寝かすと言っても、気になってしまうのが人の性《さが》。

人間だもの、仕方ないさ。


しばらくして、段々と堪《こら》えきれなくなってきた。

以前、テレビで見た自己啓発《じこけいはつ》セミナーの手法を試《ため》してみるか……。

「我慢するぞ我慢するぞ我慢するぞ我慢するぞ我慢するぞ我慢するぞ」

うーん、駄目《だめ》だ。あぁ、見たいなぁ……。

すぐ裏手に行けばあるのになぁ……。

俺は畳《たたみ》にうつ伏《ぶ》せになり、右頬《みぎほお》をつけたまま溜息《ためいき》をつく。


ざわ……

ざわ……　ざわ……

ざわ……


「ああ、もう！　気になって仕方がない！」

勢いよく起き上がり、明日に備えて、ダンジョンに発生するであろうモンスターを予想することにした。この地域のダンジョンには、大型モンスターは発生しにくく、中型、小型が多い。ウチも例外なくそういう構成になるだろう。当面、コアが力を付けるまで強力なモンスターは出ないと思うから、やはり明確な経営戦略が必要だと思う。


「うーん……」

ダンジョン協会のサイトでデータを見ながら考える。

まず、ダンジョンのコンセプトだ。

ウチみたいな個人ダンジョンが支持を得るには、大手に無い何かを探さねば。

脳内でMouTube《もうつべ》が再生された。

男が現れ、軽妙《けいみょう》な語り口で番組が始まる。

さ、今日は「妄想《もうそう》の宮殿《きゅうでん》にある魔法《まほう》のランプをこすってみた！」ってことでね。

こちらのランプをこすりますと、あら不思議。

出たっ！

はい、煙《けむり》の魔人《まじん》。ドーーーーーーン！

おやぁ？　何か言ってますねぇ？　聞いてみましょう。

魔人が男に耳打ちする。

『おいおい』はいはい。

『お前ラキモンがいれば』はぁ、ラキモン。

『OKみたいに言ってただろ？』はいはい、なるほどです！

要は「ラキモンいるじゃんよ」って、こと。


いかんいかん、妄想が癖《くせ》になりつつある。

確かに、ラキモンがいれば自《おの》ずとダイバーは集まるだろう。

だが、甘《あま》い、甘すぎるのだよ！

浸透《しんとう》するのには時間がかかる。只《ただ》でさえ、ラキモンを見つけると他人に教えたがらないものなのだ。

少ないヘビーユーザーも心強いが、グッドダンジョン賞のようなダンジョンに選ばれるには、それだけでは足りない。ライトユーザーの心もガッチリと掴《つか》まねば、俺の描《えが》く理想のダンジョンとは言えない。

幸い、俺にはチップで貯《た》めたDP《ダンジョン・ポイント》がある。

これを有効に使い、ダンジョンの質を高めたいと思う。

DPを消費し、得られるアイテムは多い。

ダイバー用の武器、防具、アイテムに始まり、経営側が設置できるトラップやゲートキーパーなど多岐《たき》に亘《わた》る。それもコア次第《しだい》で変わるのだが……。まあ、ウチのコアが上物である事を祈《いの》ろう。

「付加価値をどうするか……」

大手がこぞって24H探索無制限《フリーダイブ》を採用する中、ウチのダンジョンの立地でそれを真似《まね》るのは愚策《ぐさく》だろう。まず、一人では出来ないし、誰《だれ》かを雇《やと》う余裕《よゆう》もない。よって、これは却下《きゃっか》とする。

次に中規模チェーンはイベントを打つダンジョンが多い。来店DPの付与《ふよ》や、初回探索《たんさく》DP無料とか、独自ポイントシステムなど。ダイバーはダンジョンに潜《もぐ》る際、入店DPを支払《しはら》う（業界相場は500~1,500DP）のだが、新規客を増やす為《ため》にそれをサービスしましょうという還元《かんげん》型サービスが多い。これは一考の余地ありと見る。

そして、個人ダンジョンに関しては、ダンジョンごとに独自色を強めたサービスが多く見られる。

中でも、綺麗《きれい》なお姉さんと同伴《どうはん》ダイブ出来る『デート男女ン』はかなり人気だ。無店舗《むてんぽ》型と言われる業者もいて、街中で声を掛《か》け、マッチングが済めば提携《ていけい》先のダンジョンへ連れて行くというタイプもある。世の中、アイデア次第。俺も負けてはいられない。

うーん、入り口を自動改札にする？　これは無理。

日替《ひが》わりゲートキーパーとか？　コストがなぁ……。

フードスペースを設置する？　誰が作るのだ、うどんしかないし。

土日ＤＰ二倍……。安易すぎる、却下。

スライムにライスジュレを混ぜて……駄目だ、いくら高アミロース米だからと言ってもダンジョンから持ち帰ることが出来なければ意味は無い。

毎月24日は死なない日。ダイバーはダンジョン内で死ぬとペナルティを受けるのだが、それを負担しましょうというサービス。うーん、無理。わざと死なれたら割に合わない。ちなみに24《ふし》と不死をかけている。はは。


「あーーーーーーーーーーーっ！」


大分、煮詰《につ》まって来た。気分転換《てんかん》に愛読書の月刊ＧＯダンジョンをめくる。ダイバーに支持を得ている情報誌でローカルな記事が多い。

ぺらぺらとページをめくっていると、一つの記事で目が留まった。

――時代はＳＮＳ映《ば》えに。

記事には、派手に入り口を飾《かざ》り付けたダンジョンの前で写真を撮《と》る若者の姿が。

――以下、「月刊GOダンジョン三月号」記事原文。

『ここ最近、ダンジョン前で撮影《さつえい》をする若者を目にする方も多くありませんか？　そうなんです、時代はSNS。変わった景観のダンジョンを撮影し、自身のSNSに投稿《とうこう》する若者が急増しているのです。今日は兵庫県伊丹市《いたみし》にある「ダンジョン伊丹」を取材しました』

記者：はじめまして、早速《さっそく》ですが凄い入り口ですね？　これは皆《みな》さんでやられたのですか？
ダ主：はい、スタッフと力を合わせて、お客様に楽しんで貰《もら》えるように頑張《がんば》りました。
記者：なるほど、それは素晴《すば》らしいですね。反響《はんきょう》の方はどうですか？
ダ主：おかげさまで、過去の最高記録を更新《こうしん》中です。
記者：おぉ～！（感嘆《かんたん》）おめでとうございます。何か宣伝などは？
ダ主：当ダンジョンのSNSから紹介《しょうかい》させて頂いているのと、フォロワー様からも口コミで応援《おうえん》を頂いております。
記者：なるほど、心強いですね。今後はこういったダンジョンが増えると思われますか？
ダ主：そうですね、増えると思います。ですが、正直やって欲《ほ》しくはないのが本音です（笑）。
記者：独り占《じ》めですか？（笑）では、最後に何かメッセージがあれば、どうぞ。
ダ主：えー、私ども伊丹ダ……以下略。

ＳＮＳ映えか……。

俺の何かが危険信号を感知する。安易に乗っては駄目だ。

見てくれだけ装《よそお》って、その場限りの客が来ても意味がない。

ダンジョンはダンジョンらしくあるべきだ、と俺は思う。

入り口を飾る？　馬鹿馬鹿《ばかばか》しい。

ダンジョンは非日常な雰囲気《ふんいき》であって然《しか》るべきもの。

潜って、探索して、戦って、死にそうになってこそのダンジョン。

少なくとも、俺のダンジョン哲学《てつがく》はそう言っている。

しかし、時代の流れに逆らう経営者は生き残れない。

それも歴史が示した必然たる事実。

うーん、どうしたものか……。

そうだ！　ガイドだ！　同伴は無理としても、レンタルガイドなら……。

しかも、それをモンスターにやらせれば？

レンタル・ガイド・モンスター。レンモン！

そう、ペットのような可愛《かわい》くてニクい奴《やつ》。

キャッチコピーが浮《う》かぶ。

『貴方《あなた》のサポートをしますモン』

ちょ……俺は天才じゃないだろうか？　いかん落ち着け！
実現は、か、可能か？　俺は興奮気味に思考を巡《めぐ》らせる。
コアから言葉の通じるモンスターを選び、召喚《しょうかん》。
直接、モンスと交渉《こうしょう》し、雇用契約《こようけいやく》。報酬《ほうしゅう》は一ダイブにつき、瘴気香一本ぐらいか？
まあ、その辺はモンスに訊《き》けばいい。
そうだ！　何ならラキモンに交渉させる手もあるぞ……。
イケル！　これはイケルぞぉぉぉぉぉぉ！
自分の才能が怖《こわ》い。
今日ほど、明日が待ち遠しい日があったであろうか？
――待ってろよ、ダンジョン。

以上、うどん食って寝る！

——深夜。

「駄目だ……血が騒《さわ》いで眠《ねむ》れぬ」

俺は布団《ふとん》から出ると、そのまま懐中《かいちゅう》電灯を持って外に出た。

虫の鳴く音が響《ひび》く。

都会育ちの子供が聞いたら驚《おどろ》くだろうな。

冷たく、湿《しめ》り気のある空気の中、俺はダンジョンへ向かっていた。

夜露《よつゆ》に濡《ぬ》れた草でサンダルが滑《すべ》って歩きにくい。

転ばないように慎重《しんちょう》に進む。

夜になると、すっかり印象が変わるなぁ……。

不思議と怖い感じは全くない。

むしろ、ダンジョンが近づくにつれ、期待と共に胸が高鳴っていく。

懐中電灯に照らされて青色が光った。

入り口に青いビニールシートをかけて塞《ふさ》いでおいたのだ。

「ちょっとだけ……いいよね？」

誰に聞いてるのだ、俺は？

うっひょー！　緊張《きんちょう》する！　手に汗《あせ》が……！

重石《おもし》をずらして、そっと、そっと覗《のぞ》き込《こ》む。

「うーん、何も見えん」

少しだけ、ライトを照らしてみようか？

駄目だ、段階を踏《ふ》んでいるだけで、俺は欲望のままに行動している！

……。

厳密に言えば、もう夜中の十二時を回っているので、一日寝かせた事になるな。うん、そうだぞうだ。

俺はブルーシートの隙間《すきま》にライトを向けた。

「煙がまだ少し残ってるのか……ん？」

何か、手前の所で光った気がする。

「あれ？」

また光った！

よーく見てみると……。

「す、すらいむ、スライムじゃん！　ねぇ？　見た？」

な、なんという感動！

モンスが、モンスがいる！　ぷるぷる震《ふる》えとる！

自分の手で育てたも同然、俺は止まらない感動に打ちひしがれるぅ！　ウリィィッー！

ああ、きっと朝まで我慢していれば、この倍以上の感動があったのかも知れない。
だが、それはそれ。
俺はきっと一生忘れまい、この真夜中の奇跡《きせき》を！
そっと、重石を戻《もど》し家路に就《つ》く。
朝にはどうなっているのか楽しみだ。

**所持DP…………… 700000**

# 第4話　ダンジョンへ入りました。

目覚ましの鳴る前に起きたのは、何年ぶりだろうか？
窓を開けると外は快晴、太陽が眩《まぶ》しい。
まるで、素晴《すば》らしい一日になる事を予見している様だ。
階段を慌《あわ》ただしく駆《か》け下りて、柱に掛《か》けられた日めくりカレンダーを一枚千切る。
「お、大安吉日《きちじつ》！」
素早く着替《きが》えを済ませて、むせながらうどんを掻《か》き込《こ》む。
こうも、うどんが続くと、二型糖尿《とうにょうびょう》病が心配されるがそんな事はどうでもいい。
一刻も早く、俺《おれ》は向かわねばならない。
そう――ダンジョンに！！

入り口のビニールシートを外し、箒《ほうき》で入り口前を掃《は》いた。
「ふぅー、綺麗《きれい》になった」
次に、入り口の横スペースに、新品のモニタリングデバイスを設置する。
管理者《マスター》登録は、事前に済ませてあるので問題なし。
他《ほか》にも、本来はスタッフ登録など色々あるのだが、ここは俺のダンジョン。
今のところスタッフを増やすつもりもないし、雇《やと》う余裕《よゆう》もない。

「一応、メンテ中にしとくか」

念には念を入れて、メンテナンスモードにしておく。

大規模メンテナンスで、業者を入れて清掃《せいそう》する時などに使われるモードだ。こうすることで、ダンジョン内のモンスは、強制的に休眠《きゅうみん》状態へと移行する。

他にもOPEN、CLOSE、プレOPENなど色々なモードがあって、CLOSEなんかは、メンテと同じような効果があるが、全《すべ》てのモンスを休眠させることはできない。

だから、メンテにしておかないと、話の通じない凶暴《きょうぼう》なモンスが襲《おそ》ってくることがあるのだ。

まあ、輩《やから》モンスとでも言えばわかりやすいだろうか？

ラキモンのように職業意識があるモンスばかりなら良いのだが、やはりモンスはモンス、個体差が激しい。種別ごとの傾向《けいこう》もあるし、虫系なんかは全く話が通じない。

そして、モンスとの関係をどう捉《とら》えるかは管理者次第《しだい》。

ダンクロの様な大手連中は、モンスとの交流はしないと決めているし、中堅《ちゅうけん》ダンジョン業者の中では、モンスをアクターとして扱《あつか》う所もある。低層階に比較的《ひかくてき》従順なモンスを配置し、軽い演出を加味してダイバーを出迎《でむか》えるという神業《かみわざ》。これを行うには、まとまった人数のスタッフが必要だ。

種を明かすと、数人のスタッフがダイバーとして常駐《じょうちゅう》し、陰《かげ》からモンスを誘導《ゆうどう》したり、タイミングの指示を出したりしているのだが、これには相当の技能と経験が要求される。ちなみに黒衣《くろこ》スタッフは全員、まごうことなき正社員《アッパー・クラス》である。

とまあ、この話が初めて世に出た時、業界は騒然《そうぜん》となったものだ。とても真似《まね》はできないが、あくまでも、一例としてお伝えした。

長くなったが、このように、どういうスタンスを取るかは、経営戦略の大事なファクターの一つである。


「これでよし」

お、足元にスライムが。昨日の奴《やつ》かな?

「おー、よしよし。これから頑張《がんば》って倒《たお》されてくれよ～」

俺はデバイスを操作し、アイテムBOXからラキモンを取り出す。

『ダンちゃん! 会いたかったラキよ～‼』

勢い良く飛び出したラキモンが、俺の顔に飛びついて来た。

「わ、悪い悪い。お待たせ、ちょっと降りてくれる?」

『ラキ!』

ぷにっとしたボディを震《ふる》わせて、ぴょんと飛びのく。

ラキモンの感触《かんしょく》は、つきたてのお餅《もち》の様で柔《やわ》らかく気持ち良かった。

黒い飴玉《ドロップ》みたいな丸い目をキラキラさせて、

『ここがダンちゃんのダンジョンラキ?』と跳《は》ねる。

「そうだよ。凄《すご》いだろ?」

『ラキ～!』

う〜ん、愛《う》い奴愛い奴。
ラキモンの頭を撫《な》で、改めて入り口からダンジョンを眺《なが》めた。
……ううむ、感慨深《かんがいぶか》い。
今、俺は最高に幸せを噛《か》みしめている。
晴れて、一国一城の主《あるじ》。最早《もはや》、俺を止められるものなど……。
『ねぇ……ダンちゃん、あれ持ってるラキ？』
「おーおー、欲《ほ》しがりますなぁ？　あるよ」
瘴気香《しょうきこう》のフィルムを剥《は》がしてラキモンにあげた。
『うぴょー！　ダンちゃん優《やさ》しいラキ！』
ガツガツと瘴気香を齧《かじ》るラキモンを見て、少しだけ後ろめたくなった。
何せ、百均で買えるからな。
それはそうと、デバイスで試《ため》しに全体マップなんかを表示してみる。
「どれどれ……あ、浅っ‼」
ちょ、階層浅すぎやしませんか？
全部で三階層って、どういうこと？
瘴気香が足りなかったか？　いや、休止期間が長かったせいか？
うーむ、もしや……外れコア？
駄目《だめ》だ、考えても仕方がない。とりあえず出来る事を終わらせよう。

「ラキモン、コア埋《う》めに行くけど？」
『モゴモゴ……い、行くラキよ……モゴモゴ』
ラキモンは三日月の様に目を細めて、美味《おい》しそうに瘴気香を頬張《ほおば》る。
しっかり味わっているようだ。
そうだ！　どうせなら久しぶりに潜《もぐ》ってみるか？
何事も初めが肝心《かんじん》。デバイスをプレＯＰＥＮに。
新人教育がてら、ガツンとかましとかないとね☆
俺はにやりと笑い、ダンジョン沼《ぬま》時代の装備を取り出す。
フォ～ッ！！　懐《なつ》かし～いっ！
リストを見て思わずテンションが上がる。
※沼時代……以前、どっぷりとハマっていたダイバー時代の事。
えーと、この規模のダンジョンなら強いのはいないはずだから……と。
・ルシール＋99（金属バット）
・懐中電灯《かいちゅう》（ＬＥＤ）
ま、これで十分でしょ。

「クククク……」

装備を終えて、俺はルシールを撫でた。

あ、そうだ。ゲートキーパーが出るのは五階層ダンジョンからだっけ？

いかん、忘れた。んー、まあ、出たら出たで。

じゃ……メンテ解除っと。

「よし、俺のダンジョンのお初《はつ》は、俺が頂く！！」

『ラキラキ！』

俺はラキモンと共に奥《おく》へと進み始めた。

早速《さっそく》、先程《さきほど》のスライムが一丁前に、にじり寄ってくる。

「うんうん、いい反応だ」

訪《おとず》れたダンジョンで、しょっぱなから、ダラけたスライムなんか出て来た日には、貴方《あなた》ならどう思うだろうか？　そう、たかがスライム一匹《ぴき》でも、ダンジョンの格が決まると言っても過言ではないと俺は思う。やる気のない〇ッキーマウスに、誰《だれ》が夢を見るというのだ！

――スライムに始まり、スライムに終わる。

良いダンジョンには、やはり活《い》きの良いスライムが発生するのだ。

「おっ⁉　動きもなかなか良いぞ」

この感じだと、ダンジョンコアは悪くなさそうだけど……。

俺はスライムを倒さずに壁際《かべぎわ》に寄せ、奥へと進んだ。

「奥は洞窟《どうくつ》みたいな感じか……」

ほほう。

これは良い、とても良い雰囲気《ふんいき》ですよ。

ほら、ぴちょん、ぴちょん、と上から滴《したた》り落ちる水音が、何ともまぁ〜いい仕事をしている。

見て下さい、この岩肌《いわはだ》なんか、ヌメ〜っとして。それでほら、ベタつかないんですよ。

見事ですねぇ〜、とっても良く仕上がってます。

どうぞ、大事になさって下さい。

ええ、しますとも。


懐中電灯の光をサーチライトのように巡《めぐ》らせる。

細かく全体をチェックしながら、さらに奥へ。

「お、階段発見！」

下へと続く階段を下りて行き、地下二階へ着いた。

ラキモンは岩壁《がんぺき》に流れる水をぺろぺろと舐《な》めている。

「何か、モンスいなくね？」

『誰もいないラキ……』

スライムが発生したって事は、他にもいるはずなんだが。

職場放棄《ほうき》か？

「フロアは一階よりも広いな」

初めて、瘴気香を置きに来た時よりも拡《ひろ》がっていた。

うん、活性化に問題はなさそうだ。

さらに進むと、何かが飛んできた！

『ラキ⁉』

バタバタバタと羽音を響《ひび》かせて、俺の頭上に一匹の蝙蝠《こうもり》が舞《ま》う。

「いた！　あれは、ババババット！」

最弱に部類する蝙蝠の姿をしたモンス。最早、蝙蝠なのかモンスなのか？　よくわからないモヤーンとした、そんなモンスター。

でも、構わない。

——俺は君に出会えた事に感謝を捧《ささ》げるよ。

「この、ルシールでなぁ！！　お疲《つか》れさぁぁぁん！！」

フルスイングでババババットを打つ。

『ギギッ！』

断末魔《だんまつま》をあげて霧散《むさん》する。復活までは少し時間がかかるかな？

お疲れ様、君の熱意は受け取ったぞ。

ちなみに、モンスを倒すとD　P《ダンジョン・ポイント》が得られるのだが、これはデバイスで確認《かくにん》ができる。

『ダンちゃん、ナイスラキ！』

「まあ、沼時代にゃ石龍《せきりゅう》でさえ砕《くだ》いたバットだからな」

ぺしぺしとルシールを叩《たた》く。

よし、モンスは湧《わ》いているぞ。

これから日ごとに増えていくだろう。ククク。

後はコアを地中に埋めて、さらなる活性化と定着だ！


順調に三階層まで下りる。

「あれはもしかして……」

『ラキ？』

少し先に扉《とびら》が見えた。

懐中電灯で照らすと、眩しそうにするモンスがいる。

「妖狐《ようこ》……？」

近づいて見ると、尻尾《しっぽ》は分かれていない。

こ、これは……ただの狐《きつね》？　犬にしか見えない。ダンジョンの中にいる時点で、モンスなのは間《ま》違《ちが》いないのだが……。

『ぐるるるるる』

毛を逆立てて威嚇《いかく》を始める。

「ん？」

見ると、ゲートキーパーの証である「Ｇ」の模様が背中に見えた。

「これは、うーん……。まあ、いないよりは……」

『フーッ！　フーッ！』

ちょっと猫《ねこ》みたいだな。

これを倒すのには、やや抵抗《ていこう》があるが……。

「すまん、これもダンジョンのためだ、お疲れ‼」

『キャンッ！』

狐が霧散した。


――同時に扉が開く。


正方形の小部屋、中央に活性化したコアがあった。

大きさはバスケットボールぐらいまで膨《ふく》らんでいて、順調に活性化しているのがわかる。

かつての折りたたみ椅子《いす》は石化して、地面と同化してしまっていた。

「あったあった」

俺は部屋の隅《すみ》に穴を掘《ほ》り、慎重《しんちょう》にコアを入れて土を被《かぶ》せた。

――これで完了《かんりょう》。

コアは直《す》ぐに馴染《なじ》んで、ダンジョンの一部に。

活性化が進めば、ダンジョンも拡がっていくだろう。

『終わったラキ？』

「ああ、コアはこれでOKだな」

『ラキー！』

俺はラキモンと一階へ戻《もど》り、設備について考えた。

「暗いのも良いけど、少しは明かりが欲しいよなぁ」

デバイスの照明リストを見ながら、手持ちDPと相談をする。

・松明《たいまつ》……2,000DP
・篝火《かがりび》……3,000DP
・ウィルオウィスプ……38,000DP
・ヒカリゴケ……200DP
・鬼火《おにび》……17,000DP

「うーん、ここは定番のヒカリゴケにするかなぁ……。増えるし」

ヒカリゴケは、光量は少ないが繁殖《はんしょく》力《りょく》が強く、大抵《たいてい》のダンジョンで交換《こうかん》が可能だ。

特にOPENしたばかりのダンジョンでは、ヒカリゴケに頼《たよ》る事が多い。安価なうえに適当にバラ蒔《ま》いておけば、勝手に繁殖してくれるのでコストも手間もかからないのだ。

光量を気にする人もいるが、個人的には、薄暗《うすぐら》い程度が雰囲気もあって良いと思う。

よし、まずは定石通りヒカリゴケで様子見をして、光量が足りなければ他を検討するなり、追加するなりしよう。

何があるかわからないし、当面ＤＰの無駄遣《むだづか》いは避《さ》けておきたい。

俺はＤＰを消化してヒカリゴケを三袋《ふくろ》分手に入れた。

「600ＤＰか……」

ラキモンがヒカリゴケの入った袋で遊んでいる。

「そうだ、ラキモン。それ、各階層にバラ蒔いてくんない？」

『良いけど……あれくれるラキ？』

「ああ、お礼はするよ、一本で良い？」

『うぴょっ！　ダンちゃん行ってくるラキ！』

「お、おう。頼《たの》んだよ」

ラキモンは嬉《うれ》しそうに、ヒカリゴケの袋を頭に載《の》せて奥へ向かった。

ぴょんぴょんと跳ねるたびに、少しずつヒカリゴケが漏《も》れ、足跡《あしあと》のように続く。

「あれはあれで、効率いいな。うん」

ラキモンの後ろ姿を見送ったあと、再びデバイスに向かう。

さて、俺は他の設備でも――。

「ねぇ、ちょっと」

「⁉」

突然《とつぜん》の声に驚《おどろ》く。

振《ふ》り返ると、制服姿の女子高生が立っている。

「ここって、ダンジョン？」

「あ、はい。すみません、そうなんですけど、ちょっと準備がまだでして……」

「あなたは？」

黒髪《くろかみ》ＪＫはショートボブの髪を手で後ろに払《はら》い、少し顎《あご》を上げる。

きゅっと吊《つ》り上がった目尻《めじり》が、気の強さを物語っているようだ。

「あ、管理者のジョーンです、よろしく」

少し押《お》され気味に答える。

「あなたのダンジョンなの？」

「そうなんです、これから頑張って良いダンジョンに……」

黒髪ＪＫは、話も聞かずに辺りを見ると鼻で笑った。

「まあ田舎《いなか》だし、こんなもんよね」

そう言い捨てると、さっさと走り去ってしまった……。

「あ……」

いやさぁ、わかるよ？　でもさぁ、ＯＰＥＮ前じゃん？

こっからだしぃ、頑張りますしぃ？

何なの？　帰っちゃうしぃ。

ったく……。まあ、気にしない気にしない。

ダンジョン、ダンジョン。


『ダンちゃん、終わったラキ～』

奥からラキモンが嬉しそうに跳ねてくる。

からだ中、コケだらけになっていたので、丁寧《ていねい》にコケを払ってやった。

「ほら、綺麗になった。ありがとさん。じゃ、これ」と、瘴気香を渡《わた》す。

『うぴょー！』

飛び上がって喜び、転がる様にダンジョンの奥へ消えていった。


しかし、いくら美人だからって、さっきのは何なんだ？

ったく、少し狡《ずる》そうな感じがたまら……いや、けしからん！

「クッソ、あのＪＫ……見返してやるからな。短けぇスカート穿《は》きやがって……ま、それはいいか」

ぶつぶつと呟《つぶや》き、帰り支度《じたく》を始めていると「ねぇ、それ私のこと？」と声がする。

「ふぇ？」

顔を上げると、さっきの黒髪ＪＫが仁王立《におうだ》ちでこちらを睨《にら》んでいた。

「あ……あれ？　帰られ……たんじゃ……」

「外の様子を見てただけよ！　ふん、このＤＴが！」

「ダ、ダンジョントレーナー？」

「ち、違うわよ！　ど……って、言わせんなこのバカッ！！」

黒髪ＪＫは思い切り俺の左頬《ひだりほお》をひっぱたくと、また、走り去っていった……。

「な……？」


お、おのれぇ……。


俺のほっぺが真っ赤に燃える。

お前を倒せと輝《かがや》き叫《さけ》ぶ！

テンプレ展開にしても痛すぎるぞ！


逃《に》げようとする太陽に向かって俺は叫んだ。

「途中《とちゅう》でデレても、絶～対、許さねぇーからなぁぁぁぁああ！！」

**開始ＤＰ……………700000**
**所持ＤＰ……………699402**
**計………………△598**

# 第5話　ダンジョンを始めました。

翌日、十四時ごろ。

「違《ちが》ぁぁぁぁーーーーーうっ‼」

どうしてこうなった⁉

モニタリングデバイスに映し出される、二組のカップルダイバーたち。

このヤシャシーン《突撃》すべき状況《じょうきょう》にもかかわらず、座り込《こ》んで壁《かべ》にもたれ、良い感じにじゃれ合っているではないか！

はっきり言おう、ウチはそういうダンジョンじゃありません！

イチャつくなら他所《よそ》でやってくれ！！

「クッ……これじゃデート男女ンだ！」

――数時間前。

今日も朝早くからダンジョンに行く。

早朝だというのに、青いビニールシートが夏の日差しで熱くなっていた。

「あちちっ」

早く活性化の具合を確かめたい。

シートを外して畳《たた》み、入り口周辺の掃除《そうじ》を手早く済ませる。

デバイスを立ち上げて、気になっていた全体マップを表示した。

「おぉ！　順調だな」

フロアが一階層増えて、四階層になっている。この調子でどんどん拡がって欲《ほ》しいものだ。

マップ上に怪《あや》しく光る赤い点が十五～二十程度。

この赤い点はモンスの位置を示していて、ダイバーは青色に、ゲートキーパーは黄色で、レイドボスは紫《むらさき》と、それぞれ違う色で表示される。

リアルビュー表示が見たい場合は、マップ上から見たい場所をタップする事で切り替《か》わるので便利だ。

「モンスはあまり増えて無いか……」

一体ぐらいは、中程度のモンスを召喚《しょうかん》しても良いかも知れない。

だが、あまり強いモンスを召喚しても、他のモンスとバランスが取れなくなる。

この問題は、モンスの発生状況を見極《みきわ》めながら決めねば、投入した次の日に、同じモンスが発生みたいな事にもなりかねない。目安としては、五～六階層程度に拡《ひろ》がった後、ゲートキーパー用に二ランク格上のモンスを召喚するのが良いと思う。

そして、肝心《かんじん》の宣伝だが、これは少しの間やらない方向で行く。

少数のダイバーで、感じを掴《つか》みたいという事と、あまり一気に来られても困るからだ。

まあ、そんな事はないとは思うが、一応念の為《ため》。

代わりと言ってはなんだけど、協会サイトに、簡単なダンジョン紹介《しょうかい》が出来る場所があるので、そこに写真ぐらいはアップしておこうと思う。

実は先程《さきほど》、四階層まで下りた時に、ヒカリゴケが綺麗《きれい》だったので写真を撮《と》っておいたのだ。

これを我《わ》がダンジョンの紹介写真としたい。


さあ、諸君！　時は来た。共に深淵《しんえん》の果てまで参ろうぞ！

俺《おれ》はデバイスを操作して、ＣＬＯＳＥからＯＰＥＮ状態に切り替える。

「おお……」

画面右上の隅《すみ》にあった『ＣＬＯＳＥ』の赤い文字が、緑色の字で小さく『ＯＰＥＮ』の表示に変わった。こうする事により、協会のサイトで情報が更新及《こうしんおよ》び共有されて、ダイバーが検索《けんさく》する事ができる。便利なのは確かだが、作りが古いデザインという事もあり、使い勝手も今一つ。なので、協会サイトよりは、見やすさ、レビュー、検索項目《こうもく》などが豊富な、まとめサイトを利用するダイバーが大半である。


俺はスマホとデバイスを繋《つな》ぎ、デバイスを経由して、ダンジョン内景観の場所へ写真をアップロードした。ちなみに、写真は三枚までアップできる。入り口が一枚、その他はフロア内や、スタッフの写真などをアップするのが定番だ。

ウチも例外なく、入り口一枚と、ヒカリゴケが照らす幻想的《げんそう》で綺麗な写真を選んでおいた。

さあ、もうこの状態はすでにＯＰＥＮ。

いつダイバーが来店しても、おかしくない状態という事。


だが、ちょっと待って欲しい。

何か……こう、フラットだ。

いや？　これは……空《くう》である。

ＯＰＥＮ前と後で俺の感情に劇的な変化が無い。

むしろ、不思議と落ち着いているよ？

何だろう、あっけないと言うか、思っていたよりも心の準備が出来ていたからだろうか？

なんにせよ、俺の記念すべき第一歩は、穏《おだ》やかな船出となった。

ここからすべてが始まるのだ。


あ、そうそう。リーダー曽根崎《そねざき》にはメッセージ入れとくかな。

スマホを取り出してメッセージを送る。

『ダンジョンＯＰＥＮできました！』

あと、一応両親にも報告だけ入れておこう。

最後に地元の古い友達《ともだち》にも、グループメッセージを送っておいた。

ダンジョン好きな奴《やつ》もいるかも知れないしね。

そして、家から持参したインスタントコーヒーを用意し、若干《じゃっかん》のノマドみとスタバみを出しながら、デバイスで設備系アイテムを選んでいると、ドトみも必要なのではないか？　という疑問にぶつかるが、本当に必要なのはタリみだと気付く。

――と、その時。

「こんにちは」と外から声が掛《か》かった。

顔を上げると、手を繋いだカップルが立っている。

早速《さっそく》、来てくれたのかと、ダイバーたちの早い反応に驚《おどろ》く。

「どうも！　こんにちは～！」

元気よく挨拶《あいさつ》を返す、第一印象が大事だ。

俺はＩＤを受け取り、手早く受付を済ませると二人を見送った。

ダイバーは急いでいる人が多いのだ。

会話するにしても、経験的に帰りの方が良いと思う。

まぁ、それも相手次第《しだい》で、臨機応変に対応しなくてはならないのは当然だけど。

いやぁ、それにしても感動！

やっぱ、どこのダイバーもダンジョンを欲《ほっ》しているのだなぁ。

単純に嬉《うれ》しい、うん。

そうこうしていると、二組目のお客さんが。

……何かカップルが多いな。近所の人たちか……？

……。

…。


——改めて、十四時。


てなわけで、無事ＯＰＥＮをする事ができたのよ。

お客さんも意外な事にすぐ来てくれたし、飛び上がるほど嬉しいと思ったわけさ。

だが……。だが、しかし。

予想のできぬ『デート男女ン』的な展開に、俺は頭を抱《かか》えているのだよっ！

おおよその原因は察しが付く。

協会のサイトにアップした紹介写真だ。

綺麗だなーと、軽く思っていたが、あまりにも幻想的で、ロマンチックな印象を与《あた》えてしまったのだろう。何せカップルしか来てねぇーんだからなっ！

やっぱり、ダンジョンなんだから、少しは戦って欲しいし、探索《たんさく》して欲しいのだ。

「こうなったら、ＤＰ《ダンジョン・ポイント》を消費して極悪《ごくあく》モンスを……」

と、そこに一組のカップルが戻《もど》って来た。

俺は素早《すばや》く姿勢を正して、デバイスの前で待つ。


「上がりまーす」

「あ、はい！　ありがとうございます！　え～お一人様500ＤＰになります」

「一緒《いっしょ》でお願い」

ピッと俺にＩＤを差し出す彼氏《かれし》。

「かしこまりました」

俺はＩＤをデバイスに通した。

「最近、出来ましたよね？」

彼氏が辺りを見ながら訊《き》いた。

「あ、今日から、ＯＰＥＮさせて頂いたんですよ～」

「へぇ、じゃあタイミング良かった。凄《すご》い綺麗でしたよ。ね？」

彼女《かのじょ》はうっとりと彼氏を見つめて「うん、また来ようね。ふふ」と手を男の腕《うで》に絡《から》めた。

クッ……、次に来た時までに強いモンス発生しろ！

「ありがとうございます！　では、またお待ちしております！」

「はーい」

ふぅ……。さてさて。

「ん？」

ふと外を見ると、道脇《みちわき》の平たい石を椅子《いす》代わりにして、昨日の黒髪《くろかみ》ＪＫが、膝《ひざ》を抱えて座っている。何やらスマホを操作しているみたいだが……。

「あ、あのＪＫ……」

文句を言ってやろうと思ったが、慌《あわ》ててやめる。


――ふ、太もも丸見えなんですが？

あまりにも無防備な体勢。

ったく、こっちから見えるとか、考えないものなのか？

そもそも、何でわざわざ、こっちに向けて座るんだよ！


――ちょ⁉

ふ、太もも以外のものが見えてしまっている！

これは不味い、所謂《いわゆる》シュレディンガー状態ではないか！

彼女が認識《にんしき》するまでは、俺は彼女のアレが見えていると知っている事にもなるし、知らない事にもなる。だが、もしバレれば、観察者効果によって、俺は女子高校生のアレが見えてるのを知って覗《のぞ》いていた変態ダンジョン経営者という事が確定してしまう……。

しかし、悲しいかな男の性《さが》。

いくら気にしないよう努めてみても、自然と吸い寄せられるように見てしまうではないか。

おのれＪＫ！

僅《わず》か数センチ足らずの領域に、この世の真理が体現されている。

あぁ、大変な事になるやも知れぬというのに……目が離《はな》れぬ！

ううむ、興味深い……。

「あっ！」

いかん、目が合ってしまった。

また、ひっぱたかれたらどうしよう？

素早くデバイスのカップルに目を移して、仕事のふりを続ける。

「ねぇ」

目の前に来た！　やばい！

「あ、はい！　ど、どうも……」

貫《つらぬ》かれるような視線に怯《ひる》んだ。

ああ、何という気弱な俺。挨拶するぐらいしかできぬとは……。

「……昨日はごめんなさい」

視線を外して、黒髪ＪＫは呟《つぶや》くように言った。

キターーーーー！　デレんの早すぎーーーーー！

しかも、見てたのバレてなーーーーーい！

「あ、いえいえ。俺も悪かったんで……」

「それなに？」

黒髪ＪＫは、何事も無かったように近寄ってきて、デバイスを覗き込む。

「あ、これはお見せ出来ないんで……」

デバイスでダイバーをチェックするのは管理者《マスター》だけの権限、ダイバーの動向を関係者以外に見せる事は個人情報保護法に抵触《ていしょく》する。もちろん、アイテムなどを選ぶのは問題ない。あくまでも、プライバシーの問題だ。

「え？　ちょっとぐらい良いじゃない」

「いや、本当に禁止されているんで」

「ふーん、そうなんだ？」

不満そうな顔で俺を見る。

あ、あれ？　デレじゃないの？

ってか、顔ちっせぇし、良い匂《にお》いがする‼

「ねぇ、ダイバー免許《めんきょ》って難しい？」

「え？　いや、そんなに難しくないですよ。筆記が殆《ほとん》どですし」

「そぉ」と、興味なさそうに身体《からだ》を揺《ゆ》らす。

ぐぬ。そっちから訊いたくせに。

俺は気を取り直して「免許、お取りになるんですか？」と尋《たず》ねてみる。

「……来週、十八になるから」

前髪を気にしながら、黒髪ＪＫは上目遣《うわめづか》いで答えた。

お、照れてんのかな？

「それは、おめでとうございます。今ならウチは練習に持ってこいですよ！」

「あっそ」

ぐぬぬ。やっぱムカつく。

「ま、まあ、いつでもお待ちしていますんで……」

「キモ～い」

おいおいおいおいおい、何だこのクソガキは？　あぁ？

調子に乗りやがって、キーーーッ。

「……じゃあ、私は仕事がありますから」

と言って、俺は黒髪ＪＫにさりげなく背を向けた。

ケッ、帰れ帰れ！　一生尖《とが》ってろ！　青春だな！

二十代後半で寝《ね》る前にふと思い出して、自己嫌悪《じこけんお》に陥《おちい》る魔法《まほう》をかけておく！

「ありがと……」

ボソッと呟いて、黒髪ＪＫは走って行った。

「えぇーーー⁉」

もう、マジでわけわかんないんですけど？

何々？　何があったわけ？　この数秒で？

てか、あの一言でもう許しちゃってる自分が怖《こわ》い。


「あー、疲《つか》れた……」

『ダ…ちゃん……ダンちゃん……』

ん？　何か声が聞こえたような……。

デバイスを設置した、カウンター代わりの岩の周りを調べるが誰《だれ》もいない。

「変だな……ＪＫは帰ったし……」

『ダンちゃん……』

奥《おく》を見ると、岩陰《いわかげ》から黄色いボディがはみ出している。

「ラ、ラキモン……？」

『今、大丈夫《だいじょうぶ》ラキ？』

「あ、ああ、どうした？」

ラキモンは弾《はず》むように向かって来て『暇《ひま》ラキよ～』とカウンター岩にもたれかかる。

「そうだよな……確かにこの状況じゃなぁ」

と、デバイスに映るカップルを見た。

ぐぬ、まだ座ってやがる。

『誰も戦わないラキ……』

な、なんだと……？

「え、ちょい待ち！　ラキモン出たの？」

『暇だったから、二人の前を通ったラキ。でも、気付かないラキよ』

「な、そんな馬鹿《ばか》な……」

ちょ、超《ちょう》レアモンスのラキモンだぞ？　単体ＤＰ2,500（ババババット換算《かんさん》2,500体分）、ダイブ終了《しゅうりょう》時には、当日総獲得《そうかくとく》ＤＰが倍になる、あのラキモンだぞ？

『先が思いやられるラキ』

「ぐ……」

思いがけぬラキモンの言葉が刺《さ》さる。お、俺の癒《い》やしのはずが……。

……いや、ちょっと待てよ。

デバイスに映るカップルを横目に考える。

ラキモンが前を通って気付かない程、彼《かれ》らは夢中になってるってことじゃないのか？

カップルは肩《かた》を組んで、天井《てんじょう》のヒカリゴケが織りなす光景を見て何か話している。

そんな楽しそうにするカップルを見て、ハッと気付いた。

――そうか、彼らには彼らの楽しみ方があるのか……。

そうだ、俺はライトユーザーにも愛されるダンジョンを創《つく》ると言っていたじゃないか！

彼らはまさに、スーパーなライトユーザーである。

……偉《えら》そうに言って、何もわかってなかったのは俺。

沼《ぬま》時代を経験した俺は、クソ廃人《はいじん》目線でダンジョンの定義を勝手に押《お》し付けていたんだ……。

「異路同帰《いろどうき》……か」

『ラキ？』

ラキモンが俯《うつむ》く俺の顔を覗き込む。

「あ、いや。まぁ、そっとしといてやろう」

『ラキ～？』

丸い目をぱちぱちとさせて、また奥へと跳《は》ねていった。


しばらくして、最後のカップルが戻る。

「あ、どうも～お疲れ様です」

「いやぁ～あんな綺麗な光景、初めて見ましたよ！　なぁ？」

「うん、とってもキレイだったぁ」

カップルは顔を見合わせて言った。

「それはどうもありがとうございます！」

「あ、別々で」

俺は、それぞれに出されたＩＤを受け取りデバイスに通す。

「最近、ダイブ始めたんですよ」

「あ、そうなんですか？」

「ええ、近くのダンジョンは敷居《しきい》が高くてね。ほら、彼女は戦闘《せんとう》苦手だから」

彼氏が彼女を見て言うと彼女は「もぉ、たたかえるよぉ」と、頬《ほほ》を膨《ふく》らませた。

「はは、わかったわかった」

「……あ、ああ、なるほど。じゃあまた是非《ぜひ》、いらして下さい」

ＩＤを両手で渡《わた》して頭を下げた。

「ありがとう、また来るよ」

「ばいばぁい」

「はい！　お待ちしてま～す！」

何だろう、何か――充実《じゅうじつ》している。

「へへ、悪くないな」

一時は、手持ちＤＰをぶっこんで、極悪モンスを召喚してやろうかと思ったが、やらなくて本当に良かった。お客さんに喜んで貰《もら》えるって、本当に良いもんだなぁ。

それから、夕方過ぎまで待ったがダイバーは来なかった。

まあ、初日に来てくれただけ良かったと思う。

反省させられる経験もできた事だし、ポジティブにいこう。

――スマホにメッセージが。

お？　リーダー曽根崎か。

『おめでとう、まさか本当にＯＰＥＮするとは凄《すげ》ぇじゃん！　こっちのデバイスでも見たぞ、何か綺麗なとこだな？　こっから十階層ぐらいまではすぐに増えるだろ。何かあったら言って来いよ、じゃ』

『ありがとうございます！　リーダー、デバイスで遊んでると怒《おこ》られますよ（笑）今度、遊びに来てくださいね！　じゃあまた！』

返信を送り終え、外を見る。うっすらと暗くなってきたなぁ。

遅《おそ》くまで営業しても良いのだが、さすがに身体が保《も》たない。

何より、ダンジョンの活性化はＣＬＯＳＥ時がメインだし。

適度に休憩《きゆうけい》を取り明日に備えないと、少しずつ無理が祟《たた》って、取り返しのつかないミスに繋がる事になる。バランスの取れたルーチンを組むというのは、意外と大事なことなのだ。

さてと……そろそろ帰りますかね。

俺は後片付けを始める。

「ねぇ」

ん？　え⁉　いつの間に？

黒髪ＪＫが立っている。

「あ、ああ、どうかしましたか……？」

忘れ物かな？

「……」

何やらスマホを持ってモジモジしている。

「……これ、どっちが良いの？」

黒髪ＪＫは俺に画面を向け、細くて白い指でスワイプする。

その画面を見て俺は「あー、ダイバー試験問題集ですか」と言った。

「どっち？」

「あ、ええと……。私ならこっちの『カリスマダイバー矢鱈堀介《やたらほりすけ》のらくらく突破《とっぱ》シリーズ』がいいと思いますけど……」

「ふぅん」

「良かったら貸しましょうか？」

と訊くと、一瞬《いっしゅん》、狼狽《うろた》えた表情を見せる。

「い、いらない。アマ○ンポイントあるし」

「そうですか。まぁ、ちょっと古い年度のだから、ははは……」

「……じゃ」

黒髪ＪＫは逃《に》げるように走っていった。

「あ……」

謎《なぞ》だ。謎すぎる……。

しかも何故《なぜ》、毎回走る必要があるのだ……？

あれは理解しようとしても、俺には理解できないタイプだな。

恋愛《れんあい》経験もないし。興味もないし。

まあ、あの子受かるといいな。

別のダンジョンに行って欲しいけど。

さて、片付け片付け。


ゴゴゴゴゴゴ………。


「ん？」

何か地鳴りがしたような……。

気のせいかな？

一応、デバイスでダンジョン内をチェックする。

「うーん、異常はなさそうだな……よし」

俺はデバイスのスイッチを落とし、入り口にビニールシートを被《かぶ》せた。

「ちゃんとしたやつ買わないと……」

そして、重石を置いてダンジョンを後にする。

「どんな扉《とびら》にしようかなぁ」

俺は妄想《もうそう》を膨らませながら、獣道《けものみち》を歩く。

風に揺れる草の音が心地《ここち》よかった。


……とあるＳＮＳサイト。

「今日は仲の良い店長さんに本を選んでもらったよ！」

矢鱈堀介の問題集を手に、満面の笑《え》みを見せる黒髪ＪＫ。

**所持ＤＰ**・・・・・・・・・・・ 699402
**来客4人**・・・・・・・・・・・・・・ 2000

**計**・・・・・・・・・・・・・・・・・・・・ **701402**

# 第6話　ホームセンターへ行きました。

――ブブブッ、ブブブッ。


「ん？」

スマホの振動《しんどう》で目が覚める。

枕元《まくらもと》に手を伸《の》ばしてスマホを取りメッセージを見た。

あれ、リーダー曽根崎《そねざき》？　朝早いなぁ……。

『おい、お前の近場でレイドボス出てんぞ？　さんダ見てみろよ』

「レ、レイドボス⁉　マジかよっ！」

俺《おれ》は跳《は》ね起きて、さんダを見る。

さんダとは『ダンジョン好きのダイバーが書いてるダンジョン速報』の事だ。

スタイリッシュ・ダイバーを自称《じしょう》している紅小谷鈴音《べにこやすずね》という有名ダイバーが運営するまとめサイトで、とにかく情報が早い。一説には擬人化《ぎじん》されたネットクローラーでは？　と言われる程《ほど》である。

しかし、この近くでレイドボスが出るとは……。

これは、閑古鳥《かんこどり》が鳴くぞ。


――何故《なぜ》か？

それは、ダイバーたちが我先にと、レイドボスの発生したダンジョンへ押《お》し寄せるからだ。

レイドボスから得られる物は多い。

ボスを倒《たお》すと必ずレアアイテムが落ち、討伐《とうばつ》参加者の中からランダムで選ばれたダイバーがそれを手にする。ＤＰ《ダンジョン・ポイント》は参加者全員に分配されるが、自身の与《あた》えたダメージ量に比例してＢＯＮＵＳが加算される（一位なら獲得《かくとく》ＤＰ20％ＵＰとか）当然、ソロで倒すのは困難（ほぼ無理）だが、行けば誰《だれ》かしらいるので、共闘《きょうとう》して倒すのが普通《ふつう》だ。

以前、笹塚《ささづか》ダンジョン時代に、一度だけレイド発生を経験した事がある。

その日、出勤してデバイスを見ると、今まで見た事もない紫色《むらさきいろ》の点が。そして十階が丸ごと決戦場のような大広間に変化していた。

大広間中央には『イフリート』と呼ばれる魔人《まじん》が仁王立《におうだ》ちで待ち構えており、九階に空いた大穴から、ダイバーたちが勇敢《ゆうかん》にも次々と飛び降りて行く姿に、当時、デバイス越《ご》しにもかかわらず、手に汗《あせ》を握《にぎ》り興奮したのを覚えている。

だが、走り縄跳《なわと》びのように、やられたらカウンターに戻《もど》り、また再入場の繰《く》り返しが続くので、レイド時のカウンターは二度とやりたいとは思わない。

ちなみに、リーダー曽根崎は、未《いま》だにその時の盗《ぬす》み撮《ど》りしたデバイスの画面を、スマホの待ち受け画面に設定している。※フロアはレイドボス討伐後に元へ戻った。

とまあ、レイドボスってのは一種のお祭りである。

「む、桂浜《かつらはま》ダンジョンか」

さんダによると、レイドボスが出現したのは高知にある桂浜ダンジョン、海の近くにあるダンジョンで、内部には水棲《すいせい》系モンスターが多く出現する。今回、発生したのは『クラーケン』。レイドボスの中では、比較的《ひかくてき》下位とされているモンスだ。

うーん、ウチのダンジョンには誰も来ないだろうな。

「あー、行ってみたいなぁ……」

イカんイカん、そんな事をしている場合ではないのだ！

ダンジョンをより良いものにする事が第一。

俺は今日も努力を怠《おこた》らないのだ！　となれば、早速《さっそく》行動に入る。

時は金なり、一階の居間へダッシュだ！

「爺《じい》ちゃーん！」

「もうちょっと静かに下りられんのか？」

爺ちゃんはテレビの前で呆《あき》れたように言った。

「ごめんごめん、爺ちゃんあのさ～、ホームセンターまで乗せてってくれない？」

「島中《シマナカ》でええんか？」

「うん！」

「ほんなら、乗せてってやるから、うどんでも食っとけ」

爺ちゃんはそう言って居間を出る。

よしよし、意外とすんなりOKしてくれたな。

俺はうどんに生醤油《きじょうゆ》をかけて、一気に啜《すす》った。

「ふぅ」

「もう行くか？」

爺ちゃんが居間の扉《とびら》のところで、車の鍵《かぎ》をくるくると回している。

「あ、うん、すぐ行く」

食器を台所の流しに置いて、外に出る。

爺ちゃんのBMに乗り込み、いざホームセンター島中へ。


車中、窓の外には長閑《のどか》な景色が流れている。

「しかし暑っちいなぁ？」

爺ちゃんはそう言って、サングラスをかけた。

アロハシャツに白い短パン、長い白髪《はくはつ》をオールバックにして一つに結んでいる。

いつ見ても、現役感《げんえき》が半端《はんぱ》ない。腕《うで》の太さなんか俺の倍以上あるし……。

「お前、ダンジョンはどうなんや？」

「うん、大分落ち着いてきたよ」

「ほぉか。まぁ、懐《なつ》かしいのぉ～。ワシも昔は潜《もぐ》っとったクチやからなぁ」

「え？　爺ちゃんダイバー免許《めんきょ》持ってんの？」

「ははは、ワシらの頃《ころ》は免許なんぞなかったからのぉ」

「そ、そうなの⁉」

「ああ、だから記録石ってのを入り口に置いてな？　負けたらそこに戻されてのぉ」

「へぇ〜」

興味深い。そんなアイテムがあったのか。

今はデバイスで管理されてるから、入り口に自動転送される。

同じことだけど、時代は進んだのだと思った。

「親父のダンジョンな、あれ昔は七十階ぐらいまで潜《もぐ》れたんや」

「な、七十⁉」

おいおい、マジかよ！

七十っていえば、笹塚ダンジョンよりデカいぞ⁉

「今どのくらいなんや？」

「昨日見た時は四階層まで拡《ひろ》がってたけど」

「まあ、そんなもんやろ。随分《ずいぶん》ほったらかしにしとったからなぁ……」

昔話を聞いているうちに、大きな看板が見えてきた。

『一寸釘《くぎ》からお届けします』でお馴染《なじ》みのホームセンター島中へ到着《とうちゃく》した。

専用駐車場《ちゆうしやじよう》に車を置き、俺と爺ちゃんは店内へ入る。

レシートがあれば駐車料金は発生しない。

「うわっ涼《すず》しっ」

「ほほっ！　こりゃ、ええ感じに冷房《れいぼう》が効いとるわ」

「じゃあ俺、ちょっと見てくるから」

「おお、ワシは……あっちに行っとるから、終わったら呼んでくれ」

女性店員を見つけて、にんまり笑う。

「あ、うん……」

徹底《てってい》してるな。

爺ちゃんを横目に、一人住宅設備関連コーナーへ向かう。

「うーん、やっぱ金網《かなあみ》かなぁ……」

「何かお探しですか？」

色々と物色していると、背が高く、銀フレームの眼鏡をかけ、髪《かみ》を横分けにした、いかにも真面《まじ》目《め》そうな店員が声を掛《か》けて来た。名札には『平子《ひらこ》A』と書いてある。

「ああ、えーと、柵《さく》というかダンジョンの入り口を……」

平子Aは驚《おどろ》いた様子で訊《き》く。

「ダンジョン？　それは凄《すご》い。お客様のダンジョンですか？」

「そうなんですよ。実家のダンジョンを継《つ》いだんですけど」

「あれ？　もしかして、すぐそこの？」

「ご存じなんですか？」

「確か……昔あったって話を親から聞いたことがありまして」

平子Aは、そう言って横の棚《たな》から何かを探し始める。

「あったあった、これなんかどうでしょう？」

虎《とら》の子ロープに鳴子《なるこ》が一メートルおきにぶら下がったものを出してくれた。

「うーん、確かにレトロな感じは捨てがたいですけど……」

「じゃあ、これはいかがでしょうか？」

次に取り出したのは、二本の杭《くい》のような黒い棒だった。

「これは？」

平子Aはニヤリと笑って「これはね『セキュリティブラザー・ミハル』といって、例えばダンジョン入り口の両脇《りょうわき》に立てるでしょ？　あ、このセンサー部分を向かい合わせにして。するとこの間を誰かが通ると警報が鳴るという仕組みなんです、専用アプリでスマホに通知も飛ばせます」と早口で説明した。

「へぇ～、それは便利ですね～」

平子Aに、恐《おそ》る恐る値段を訊く。

「お高いんですよね？」

「なんと！　今ならもう一本付いて二万八千円です」

「え！　もう一本⁉」

「そうなんです、今だけです！」

数秒見つめ合った後、

「……他になんかあります？　こう、安いフェンスとか……」と訊いてみる。

平子Aはとても残念そうに黒い棒をしまい「こういうのもありますけど……」と、正方形で一メートル程度の黒い金網を取り出す。下の部分には、ローラーが付いていた。

「お、これいいじゃないですか！　これってレールとかで組み合わせられますよね？」

「ええ、もちろん」

「おいくらぐらいですか？」

「一枚四千円です、三枚以上ならレールと設置枠《せっちわく》もサービスさせて頂きます」

「じゃ、これ四枚ください」

「ありがとうございます、ではご用意致《いた》します。カウンターの方でお待ちください」

「はい、お願いします」

俺は軽く頭を下げ、他にも何かないかと物色する。

しばらく店内を歩いていると、奥《おく》に観葉植物が見えた。

うーん、カウンター岩の辺りがちょっと寂《さび》しいんだよなぁ。

やっぱり、ダイバーを出迎《でむか》える際に、緑がある方が印象が良いかも知れない。

「悩《なや》むなぁ……」

「インテリア用ですか？」

見ると先ほどの平子Aが、また声を掛けて来た。

「ああ、さっきの。すいません、ちょっと別のとこ見ちゃってて。あ、会計先の方がいいですか？」

「ああ〜、えーっと、それ多分兄です。紛《まぎ》らわしくてすみません」

えぇ？　同一人物にしか見えない。しかし、よく見ると名札に『平子B』とある……。

あ！　本当だ、眼鏡が違《ちが》う！

クラシックタイプのフレームで薄《うす》い色付きのレンズだった。

「めちゃくちゃ似てますね」

「そうなんですよ、便利な時もあるんですけどねー、ははは。あ、これとか良いですよ〜。ワイルドリーフって木なんですけど、手入れも楽ですし」

「へぇ〜」

高さ二メートルほどの、南国風な植物だ。

「ちょっと大きいかなぁ……」

「じゃ、これ。マイルドリーフ。これ以上は伸びないので、使い勝手良いです。喫茶店《きっさてん》とかに良く置いてあるタイプですね」

おお、これは良いな。葉の部分が尖《とが》っている。潜在意識《せんざい》レベルで、ダイバーの闘争本能《とうそう》を掻《か》き立てることができるかも。丁度カウンター岩より少し高いぐらいだし。

「じゃあ、これを」

「ありがとうございます、ではカウンターでお待ち下さい」

「よろしくお願いします」

これで入り口周りの雰囲気《ふんいき》がお洒落《しゃれ》になるな。ククク。

ちなみに現在のフロア構成は、四階層全《すべ》て洞窟《どうくつ》タイプ。多少の小部屋や扉はあるものの、変化に乏《とぼ》しい……。しかも、全てヒカリゴケによって、ロマンチックな雰囲気になってしまっている！

D&Mをデート男女ンにするつもりはない。だが、気に入ってくれているカップルダイバーをないがしろにも出来ない。

そこで妥協案《だきょうあん》として、二階層までをカップルダイバーに向けた、デートゾーンとしたい。勿論《もちろん》、決めたからには、ムードを高める努力を怠らないっ！

まず、デバイスからDPを消費して樹木と、ベンチ代わりに出来るような岩を創る。あまり座りやすいのは駄目《だめ》だ。座る際に、男が女に対して気遣《きづか》いをアピールできるポイントを作ってやる事が大事。荒《あ》れた岩肌《いわはだ》なら「あ、これ使って」とか言ってマントを敷《し》いてあげたりできる。すると、男性ダイバー『あのダンジョンいいぜ』↓口コミ広がる↓デートコースの定番に↓ダイバー増える↓ウマー。

完《かん》　璧《ぺき》　な　図　式。

さらに、三階層以降の壁《かべ》には松明《たいまつ》を並べて、比較的強力なモンスを召喚《しょうかん》し、他のダイバーの需要《じゅよう》も満たしていく。ヒカリゴケのぽわわ〜んとした雰囲気を消す対策として、三階層と四階層の階段に、赤い樹液を所々にぶちまけて緊張感《きんちょう》を演出する。松明の明かりなら血に見えるだろう。樹液はトレントから頂く。

うーん。今、出来るのはこのぐらい……かな？

俺は爺ちゃんを探す。見ると、家庭菜園コーナーで女性店員にからんでいた。

「ほら、行くよ？」

名残惜《なごりお》しそうな爺ちゃんを引き離《はな》してレジに向かう。

「爺ちゃん、本当に女の人好きだよね？」

「そりゃ、お前。男に生まれたんやから、仕方ないやろ？　ははは」

「……」

そして、二人でカウンターに行くと思わず声が漏《も》れた。

「え？」

「驚きました？」

双子《ふたご》だと思っていた平子に、まさかの赤いフレームの眼鏡をかけた平子Cが加わっている！

「いや〜、マジで吃驚《びっくり》しましたよ」

「では、全部で十八万飛んで五百円です」

「ふぁっ⁉」

え？　何でそんなに高いの？

平子Aが申し訳なさそうに俺を見る。

「あ、このマイルドリーフが少々お値段が高くなってまして……」

「ちょ、確かに聞いてなかったけど……」

まずい、払《はら》えないことはないが、今後を考えると……。

「じゃあ、これ使えるか？」と、爺ちゃんがカードを渡《わた》す。

「そんな、悪い……ん？」
ブ、ブラックカードだと……⁉
あれ、見間違いかな？　いやいや、マジかこの爺⁉

「カカカ、心配せんでもダンジョン祝いじゃ、しおり（ジョーンの母）には黙《だま》っとけよ？　後は助けんからな」

「御爺様《おじいさま》……」

スケベな爺が足の長い紳士《しんし》に見えた。

俺は爺ちゃんに何度もお礼を言う。

「ええから、ええから。これ、全部運んでもらえや」

「あ、うん」

すると平子ＡＢＣが「壇様。では後程、お届けにあがります」と深くお辞儀《じぎ》をする。

「よ、よろしくお願いします……」

何はともあれ、無事フェンスと観葉植物を手に入れる事が出来た。

――スマホが鳴る。

「ん？　なんだろ」

リーダー曽根崎からだった。

『お前のダンジョンいつの間にか十五階層なんだな、良かったじゃん。レイド行きてー！』

「ふぇ……？」

**所持DP** ・・・・・・・・・・・・ 701402

# 第7話　ダンジョンが拡《ひろ》がりました。

『お前のダンジョンいつの間にか十五階層なんだな、良かったじゃん。レイド行きてー！』

「ふぇ……？」

リーダー曽根崎《そねざき》のメッセージに驚《おどろ》く。急いで返信を送った。

『十五階層？　協会サイトで見たんですか？』

『ああ、さっきな。お前のダンジョン見たら増えてたからさ』

ダンジョンの階層データはバックグラウンドで更新《こうしん》され、階層が変化するのはＣＬＯＳＥ中のみである。

『あざっす！！　急ぐんでまた！』

俺《おれ》はスマホをポケットにねじ込《こ》む。

爺《じい》ちゃんのＢＭが唸《うな》る！　実家の駐車場《ちゆうしやじよう》にサイドターンで滑《すべ》り込んだ。

「ありがと！！」

車を降りると、一目散にダンジョンへ向かって――走る、走る、走る！！

「うっひょー！　マジか！　十五階層なんて、まだまだ先だと思ってたわ」

家の裏手にある獣道《けものみち》を全速力で駆《か》け抜《ぬ》けた。

あっという間に、ダンジョン入り口に到着《とうちやく》。

息を整えながら、ビニールシートを乱暴に引っぺがした。

そして、デバイスを立ち上げマップを確認《かくにん》する。

「おお！」

新たに拡がったフロア、確かに十五階層！！

ビューを表示して内部をチェックしていく。

五階にはＧ　Ｋ《ゲートキーパー》が！

あの狐《きつね》か？　いや、違《ちが》う。

「キター！　マッドグリズリー！！」

いいぞ、これはいい。

マッドグリズリーはイカれてる。

その名の通り、凶暴《きようぼう》さで言えば上位モンスにも劣《おと》らない。

その暴れっぷりは、まさにマッドという言葉が相応《ふさわ》しいだろう。
※大きさはＷＷＦのジャイアント・シルバ（230チセン）ぐらい。
「いい感じになってきたなー」

俺は頷《うなず》きながら、さらに下の階層へビューを進める。

六階からは、今までの洞窟《どうくつ》タイプと違い、煉瓦《れんが》で作られた回廊《かいろう》が形成されていた。

迷宮《めいきゆう》タイプか……。

ほう、意外と小部屋も多い。これなら宝箱なんかも期待できるぞ。

逸《はや》る心を落ち着かせてビューを走らせる。

アンデッド系モンスが多い印象だ。難易度は……まあ今はやさしい方かな。

でも、活性化が進めば、より強力なアンデッドが発生してくれるだろう。

「迷宮は十階までか……ＧＫはなし、と」

十一から十五階までは密林タイプであった。

「やった！　密林キターー！」

うっそうと茂《しげ》ったジャングルが続き、視界を遮《さえぎ》る。

このタイプは虫系、魔獣《まじゅう》系、水棲《すいせい》系などモンスの種類がとても豊富だ。探索《たんさく》難易度は上がるが、その分、ＤＰ《ダンジョン・ポイント》も稼《かせ》げるし、材料調達にも適していることから、ダイバー人気も高いのだ。

くぅー、改めて自分の豪運《ごううん》に感謝をしたい。

よし、構成は頭に入った。

いよいよダンジョン改装《オペ》に移ろうと思う。

大丈夫《だいじょうぶ》大丈夫、俺、失敗しないので。

「えー、所持ＤＰは701,402か……」

デバイスのリストから樹木のカテゴリを選ぶ。

・プラスティックツリー……8,000ＤＰ
・アダマンの木……18,000ＤＰ

・ヤコブツリー……28,900ＤＰ
・引き寄せの木……4,800ＤＰ
・マンイートリーフ……37,690ＤＰ

「うーん、普通《ふつう》のでいいんだけど……」

・ガジュラの古木……3,000ＤＰ
説明：その昔ガジュラという戦士が、死に際《ぎわ》に食べた故郷の森の木の実が育ったと伝えられている。

ふむ、ファンタジー心をくすぐるじゃないか。これに決定。
配置場所は二階の壁際。
あまり多くても雰囲気《ふんいき》が壊《こわ》れるので、二本までにしておく。
チャリーン、△6,000ＤＰ。

次は岩と松明《たいまつ》。

・岩（中）……1,000ＤＰ

・松明……2,000ＤＰ

岩を四個、これはガジュラの木の横に。
松明は三階～五階まで均等配置するので八セット購入《こうにゅう》。（セット数×三本）
チャリーン、△20,000ＤＰ。
あとはトレントがいないので召喚《しょうかん》を。

・トレント……800ＤＰ

三体ほど二階へ配置しておいて、後で樹液を取る。

チャリーン、△2,400ＤＰ。

「ふぅ」

よし、順調順調。

そうだ、迷宮の通路にスケルトンの骨を転がしておこう。

・スケルトンの骨（上腕部《じょうわんぶ》）……300ＤＰ
・スケルトンの骨（頭蓋骨《ずがいこつ》）……500ＤＰ

うーん、三つずつ購入し、六、八、十階に配置。

チャリーン、△2,400DP。

「すみませーん、島中《シマナカ》でーす」

「来た来た」

外を見るとホームセンター島中の平子《ひらこ》兄弟の姿が。やはり見分けがつかないな。

俺は外へ出て頭を下げた。

「あ、どうもありがとうございます、ホームセンター島中の平子と申します」

「いえいえ」

名札には平子Dと書いてある。眼鏡はべっこうのフレームだ。

また、違う人か……。

見ると、もう一人の平子はFであった。

こちらは、丸い黒縁《くろぶち》メガネをかけている。

いったい何人兄弟なんだろう……。

「へぇ、いいところですねぇ」

「そうですか？　へへへ」

「あ、設置費込みなんでフェンス建てちゃいますけど、場所はどの辺がいいですか？」

「いやぁ助かります！　この辺が良いんですけど……」

俺は平子Dに相談しながら、フェンスの場所を決めた。

その後、平子Fと一緒《いっしょ》にマイルドリーフをカウンター岩の横へ運ぶ。

「ここらですかね？」

「もうチョイ右がいいんじゃないかと」

平子Fがリーフをずらす。

「この窪《くぼ》みに合わせれば……」

微《び》調整をしながら俺を見る。

「どうです？」

少し離《はな》れて見ていた俺は手を叩《たた》く。

「おお～。カッコいい」

すると平子Fが俺の隣《となり》に来て「ホントだ、似合いますね～」と同じ様に手を叩いた。

「ありがとうございます……あれ？」

見ると、そこにラフなTシャツ姿の陽子さんがやって来た。

髪《かみ》を上で一つに纏《まと》めていて、涼《すず》し気なのはいいのだが、近づいてくる度に揺《ゆ》れる胸に驚く。

相変わらず結構なモノをお持ちでいらっしゃる。

「みなさん、ご苦労様です。良かったらお茶でも」

冷たい麦茶の差し入れであった。

さすがは年の功。俺は陽子さんの細かな気遣《きづか》いに感謝した。

同時に、以前風呂場《ふろば》で鉢合《はちあ》わせた光景が蘇《よみがえ》る。

だが、そこは俺も大人。

その記憶《きおく》を爺ちゃんの顔で上書きして見事改変に成功した。


「すみません陽子さん、気を遣わせてしまって」

「あら、いいのよ。ちょっと興味もあったしね」

と、陽子さんはダンジョンの方に目を向ける。

「ダンジョンに興味が?」

「ふふ、昔ちょっとね……」

陽子さんは多くを語らず、平子兄弟に微笑《ほほえ》みかける。

「じゃあ、みなさん宜《よろ》しくお願いします」

そう言って頭を下げると家に戻《もど》っていった。

平子D、Fが陽子さんの背中に「奥《おく》さん、ごちそうさまでーす!」と頭を下げた。

眼鏡がないと見分けがつかない。

まだEには会ってないが……。いまのところ、平子兄弟は全員感じがいいな。

無事フェンスの設置が終わり、鍵《かぎ》を受け取る。

「これで設置完了《かんりよう》です、何か不具合がありましたら連絡《れんらく》を下さい」

「わかりました、ありがとうございます」

平子兄弟は、丁寧《ていねい》にごみを回収しながら帰って行った。

「うーん、あの感じの良さは見習わないと……」

そう呟《つぶや》いて振《ふ》り返り、腕組《うでぐ》みをしてダンジョンを眺《なが》めた。

金網越《かなあみご》しに見えるマイルドリーフの緑が、薄黒《うすぐろ》い岩肌《いわはだ》にとても良く映える。

「素晴《すば》らしい……」

そうだ、記念に一枚撮《と》っておこう。

俺はスマホで写真を撮り、リーダー曽根崎へ送った。

ああ、なんてカッコいいんだ！　まるで、ブルー●スの表紙みたいじゃん！

――その時、背後に人の気配を感じた。

「開いてますか？」

若い男だ。俺と同じぐらいだろうか？

背がシュッと高く、顔もちょっと驚くほどシュッとしている。

洗練された洋服もシュッとした感じで、全身ファストファッションの俺でも、パッと見てシュッとしているのがわかった。

「あ、ああ！　すみません、開いてます！　すぐにご用意しますんで！」

カウンター岩に走り、若い男のダイバーからIDを受け取る。

「なんか、高知でレイドらしいですね」

穏《おだ》やかな口調、気さくそうな人でほっとする。

「あー、そうなんですよ『クラーケン』みたいです」

男はくやしそうに頭を振り「行きたかったなぁ～」と言った。

「今からだと間に合わないですもんねぇ」

「そうなんすよ……。あ、武器はこれで」

「は……い？」

俺はアイテムリストを見て一瞬《いっしゅん》、固まる。


──な、なんだこれは⁉


リストには名だたる武器、防具、希少アイテムがずらりと並ぶ。

こ、この量、質、ヤバい、ヤバい、これはヤバい！
プ、プロダイバーか⁉　チートか？
「は、はい……『本当は凄《すご》いブロードソード＋999』ですね……（震《ふる》え声）」

「うーん、ちなみにここヤバそうなのいます？」

「い、いえ……。お、お客様なら大丈夫かと……存じます」

「え～やだなぁ、そんなに丁寧にしないでよ」

男が笑うと真っ白な歯が覗《のぞ》いた。

「あ、はい……いえ、ははは」

「ＯＫっす。じゃまた後で」

「はい、いってらっしゃいませー」

もしかして、有名人？

とんでもなく凄い人なのでは……？

ていうか、本当は凄いシリーズの武器なんて初めて見たぞ？

ただの都市伝説だと思っていたが、まさか実在するなんて……。

ということは、あれが現時点で確認されている、最強のシリーズ武器？

ま、マジかよ……。見間違《みまちが》いじゃないよね？

多分、俺と同い年ぐらいだと思うが、一体、どれだけ潜《もぐ》ればあんな事に……。


興奮冷めやらぬまま、デバイスでその男の動きを見る。

――速い！！

青い点が凄い速さで進んで行く。

「凄い！！　……ん？」

俺はその点の下に表示されるダイバーネーム（ＰＮのようなもの、ダイバーが決められる）を見た。

そこには『タラちゃん』と書いてある。

タラちゃん……。

と、そこにまた、レイドに乗り遅《おく》れた人たちが数人で来てくれた。

接客を済ませて一息つくと、ダンジョンから『タラちゃん』が戻った。

全十五階層を、時間にして僅《わず》か一時間程《ほど》。恐《おそ》ろしい速さである。

「あ、お疲《つか》れさまです！　速いですねぇ、本当にすごい！」

「いやいや、たまたまっす」

男は手を振り謙遜《けんそん》した。

「……あの、もしかしてプロの方ですか？」

「ああ、一応そうなんすよ」

男は普通に答える。訊《き》かれ慣れている感じだった。

「それは凄い！　僕《ぼく》も一時ハマってたんですけど、プロにはとてもとても」

「へぇ、そうなんすね～。あ、俺は矢鱈《やたら》って言います」

——その瞬間《しゅんかん》、頭が真っ白になる。

「わわわ、だ、壇《だん》ジョーンです……！　カ、カリスマダイバーの矢鱈堀介《ほりすけ》さん⁉　本買いましたよ俺、本！！」

「ちょ、ちょっと、恥《は》ずかしいっす！　やめてくださいよー」

矢鱈さんは照れながら言った。

「す、すんませんでしたぁ！　いや、まさか、そんな……」

プルプルプル……。おぉ？　足が震えている。

まさかあの、矢鱈堀介がウチに来るなんて！！

「最近、近くに越《こ》して来たんで、また寄らしてもらいますよ」

「え⁉　それは是非《ぜひ》是非！！　お願いします！　あ！　うどんで良ければいつでもご馳走《ちそう》します！」

矢鱈さんは苦笑いを浮《う》かべた後「あ、そうそう」と、俺に近づいて耳打ちをする。

「アレいるんすね？　ビックリしちゃいました」

「あ、ああ～！　アレっすね？」

黄色くてぷにぷにしたボディが脳裏《のうり》にカットインする。

大袈裟《おおげさ》に頷いて答えた後、二人で顔を見合わせてにんまりと笑った。

そう言って、矢鱈さんはシュッとした動きで、シュッと帰って行った。

「じゃ、また」

「やっぱ違うなぁ～」

感心しながら、一人で頷く。

それから、カウンター岩周りの清掃《せいそう》や、今後の展開などを考えていると、あっという間に閉店時間になった。俺はデバイスをＣＬＯＳＥに切り替《か》え「よしっ」と気合を入れて二階へ下りた。

ルシール＋99をチラつかせながら、トレントに樹液を取らせて貰《もら》う。

バケツに五杯《はい》分の赤い樹液を、階段の壁にぶちまけて行く。

これは誰《だれ》にも見せられないなと思いながら、最後の樹液で手形を押《お》していく。

「こ、これはｗｗ」

スプラッター映画並みの演出が完成した。

これでより、緊張《きんちょう》感が増すはずだ。ケケケ。

一階へ戻り、真っ赤になった手を洗って帰り支度《じたく》を済ませる。

外に出て真新しいフェンスに「頼《たの》むぞ」と軽く手で叩き鍵をかけた。

ふと、フェンスにも樹液をかけようかと思いつくが、何事もバランスが大事。

ここは我慢《がまん》することにした。

「あ、矢鱈さんにサイン貰えばよかったなぁ……」


……とあるＳＮＳサイト。

「やったよ～。ダイバー免許《めんきょ》～よきよき」

免許を片手に持った黒髪《くろかみ》ＪＫの写真。

**所持DP**……701402
**設備**……△308000
**来客6人**……3000

**計**……6736602

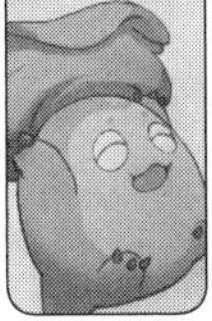

# 第8話　修羅場《しゅらば》になりそうです。

ガラガラガラ……。
黒く輝《かがや》くフェンスを開け、カウンター岩へ向かう。
The early bird gets the monster.
——ダンジョン経営者である俺《おれ》の朝は早い。

山積みのアジェンダを、ゼロベースでダイバーたちからコンセンサスを得られるようにスキームをジャストアイデアでコミットしなければならないのだ……。

サマリー、そろそろ集客も考えていかねば、という事。

「あ〜あ、こんなくだらないこと考えてる場合じゃないよなぁ……」

デバイスを立ち上げて、俺は軽く溜息《ためいき》をついた。

モンスにレンタルガイドをさせるレンモンのアイデア、あれは時期尚早《じきしょうそう》だと思い直したのだ。

なぜかと言うと、やはり経営において大事なのはC F《キャッシュフロー》。資金繰《しきんぐ》りである。

実家に寄生しているこの状態において、成功するかどうかわからないレンモンに賭《か》けるのはどうかと思う。

せめて、毎月実家に食費だけでも入れておきたい。

まぁうどんしか食ってないのだが……。

ちなみに、比較的《ひかくてき》安くモンスを召喚《しょうかん》する方法がある。

ランダムにモンスを召喚する『おみくじモンス』システムだ。

しかし、これはリスクが高い。

一回300ＤＰ《ダンジョン・ポイント》と、一見お得に見えるこのシステム。

違《ちが》う、これは闇《やみ》。そう――闇システムだ。


――次こそ、いや、次こそ。今日はてんびん座が……。


そう言って、ＤＰをすっからかんにしたダンジョン経営者は多い。

弱小モンスで溢《あふ》れかえった多頭崩壊《ほうかい》ダンジョン。

ヤケになった経営者による強盗《ごうとう》事件。

様々な事件が定期的に引き起こされるが、自己責任という一言で、その起因である『おみくじモンス』の存在にメディアは触《ふ》れようとしない。

確かに、運試《だめ》し程度なら問題はないだろう。

だが、そう簡単に自制ができるのなら、最初からニュースになどならないのだ。

「やめておこう……これは人が制御《せいぎょ》できるものではない」

俺は家から持ってきた麦茶をコップに注ぐ。

「ぷはぁ」

何かいいアイデアは……。

そうだ、イベントを打ってみるか？

大きなイベントでは無く、小規模なイベント。

なるべく出費が少なく、かつダイバーにウケがいいもの。

うーん……。

お、足音！　お客さんかな？

入り口から矢鱈《やたら》さんが入って来て、軽く手を上げた。

ありがたいことに、あれから何度も通ってくれているのだ。

あ、そうそう、サインは俺のルシールに頂いた。むふふ。

「どうも矢鱈さん！　こんにちは」

「いやぁ～、天気いいね調子はどう？」

「お陰様《かげさま》でと言いたいところなんですが、何か良いイベントがないかと考えてるとこです」

苦笑いで答えながら、矢鱈さんに麦茶を注いで「どうぞ」と差し出す。

「お！　ジョーンくんは気が利《き》くねぇ」

矢鱈さんは麦茶を一気に飲み干して「そんなにお客さん来てないの？」と尋《たず》ねた。

「そうなんですよ……。まあ、まだまだ知名度が低いんで仕方ないですけど」

俺は溜息まじりに答えると、視線を落とした。

「そっかぁ～、SNSとかは？」

「アカウントは持ってますけど、そういうのは疎《うと》くて……」

「うーん、今だとSNSでダンジョン探す人が多いよ、あとはさんダかなぁ」

「さんダは僕《ぼく》も見てます、あそこ早いですよねぇ？」

すると、矢鱈さんは何か思いついたようにカウンター岩を叩《たた》く。

「あ、そうだ！　良かったら、さんダの紅小谷《べにこや》紹介《しょうかい》するよ？」

「え！！　お知り合いなんですか⁉」

「昔、一緒《いっしょ》に回ってた事があってさ。ちょっと待ってよ、多分まだ四国にいるはず……」

矢鱈さんはスマホを取り出して操作する。

「ジョーンくん、ついてるね？　近くにいるみたいだから後で寄るってさ、サイトでババーンと紹介して貰《もら》えばいいよ」

「ま、マジっすか！！！　本当にありがとうございます！」

うひょ～、さんダで取り上げて貰えるなんて！

「いいっていいって、じゃあ俺はアレ探してくるから」と、意味深に笑う。

「黄色い奴《やつ》っすね？　それはそれは。ふふふ、どうぞごゆっくり」

矢鱈さんを送り出し、俺は拳《こぶし》を天高く突《つ》き上げた。


よし！　よし！　よーーーしっ！

いやぁ、さすがカリスマ。本当にすごいなぁ……。

しかし、紅小谷鈴音《すずね》ってどんな人なんだろう？

女性なのかな？　ペンネームとか？　うーん、気になる。

おっと、折角の厚意《こうい》を無駄《むだ》にはできない。

事前にＰＲポイントを作るなり考えるなりしておかねば！

とその時、スマホが鳴った。

――着信？

見ると『壇《だん》しおり』の文字……母である。

恐《おそ》る恐る画面をタップした。

『ちょっと、ジョーン？　メッセージ見たけど、あなたダンジョンなんかやってるらしいわね！』

「え？　だからメッセージで……」

ていうか、見るの遅《おそ》っ！　またカンヅメだったのか？　（母はプログラマー）

『黙《だま》りなさい！　ったく、何を考えてるんだか……。もうすぐそっちに着くから、あんたそこに居なさいよ！』

通話が切れる。

……マジで？

な、なんであんなに怒《おこ》ってんの？

ヤバい、どうしよう？

でも、何も悪いことはしていないし。てっきり了承《りょうしょう》済みだと思ってたけど……。

あ……、陽子さん大丈夫《だいじょうぶ》かな。

一応、伝えておいた方がいいのか？

うーん、でも、デリケートな問題に首を突っ込《こ》みたくはない。

迷った挙げ句、爺《じい》ちゃんにメッセージを送る。

『なんか母さんが来るみたい』

すぐに返信が届く。

『当分、家空けるから頼《たの》むわ』

『り』

やはり、バレると不味《まず》いのか……。

「すみません」

少しハスキーな高い声が響《ひび》く。

スマホを置き、慌《あわ》てて顔を上げると、カウンター岩から頭一個分飛び出した、小さな女の子と目が合った。

「あの……矢鱈くん来てますか？」

ま、まさか……このかなり攻《せ》めた髪型《かみがた》の女の子が、紅小谷鈴音⁉

肩《かた》までのボブ、色は焦《こ》げ茶でインナーカラーがダークピンク、右側だけツーブロックだ。

バンドとかやってるのかな……。にしても派手だなぁ？　いくつだろ？

ていうか、来るの速っ！

「あの、聞いてます？」

「あ、はいぃ！　えーと矢鱈さんは今、中に……」

「あなたがここの店長？」

よく見ると耳と口唇《くちびる》にピアスが……。

「あ、はい。壇ジョーンといいます！　よろしくお願いします！　紅小谷さんで……？」

「そ。あと、そういう堅苦《かたくる》しいのいいから」

「へ？　あ、すみません……」

うーん、ちょっと苦手なタイプだな……。

そもそも、得意なタイプもいないけど。

紅小谷はカウンター岩の前で周りを見ながら「で、ここの宣伝をしたいのよね？」と片眉《かたまゆ》を上げた。

「そ、そうなんです！　まだ知名度が低くて……」

「ふぅん……」

突然《とつぜん》、深淵《しんえん》からの呼び声が聞こえた。

「ジョー……」

「ジョーン……」

「ジョーン！！」

段々《だんだん》と近づく声……。

入り口から母が顔を見せると同時に叫《さけ》んだ。

「ジョーン！！！　居たっ！　あんたはもう！」

「ひっ……」

仁王《におう》立《だ》ちの母、あまりの闘気《とうき》にたじろぐ。

「誰《だれ》？」と紅小谷。

「あ、僕の母でして……ははは」

母は眼鏡の位置を直しながら、紅小谷を見て「あなたこそ、誰なの？」と牽制《けんせい》する。

女教師的な風貌《ふうぼう》も相まって、その語気には鋭《するど》さを感じた。

二人が段々と険悪なムードになっていく。

「あああ、あの、ちょっと母さん？　大事なお客さんだから……」

俺が間に入ろうとすると、腕《うで》組《ぐ》みをした母が「ったく、お爺ちゃんは？　家には誰もいないし、あんたは勝手にダンジョンなんか始めるし」と言って指先をトントンと動かす。

「いや、それはその……」

「なんか？　ちょっとオバサン、ダンジョンなんかって言った？」

紅小谷が片眉を上げて、不快そうな表情を見せる。

「言ったらどうだっていうの？」

母は怯《ひる》むどころか歩み出て、ゆっくりと紅小谷を見下ろした。

紅小谷も負けじと、母を睨《にら》んで見上げる。

互《たが》いに一歩も引く気配がない。

「やめて、やめてよぉ～」

俺はカウンター岩から出て、二人を止める。

もはや、焼け石。俺にどうこうできる状態ではないと思うが。

「何かあったの？」

く、黒髪《くろかみ》ＪＫ⁉　よりによってこんな時に……。

お前は空気を読むということができないのか⁉

「あ、ああ、どうも。すみませんねぇ、今ちょっと取り込み中で……」

必死に追い返そうとする俺を嘲笑《あざわら》うかのように、黒髪ＪＫは「何このオバサン達《たち》？」とキョトン顔で言ってのける。

おいおいおいおい！　何をサラッと言ってくれてんの⁉

謎《なぞ》の任務でも遂行《すいこう》中か？

ただでさえ、君はややこしいんだからさ！

――その時。

「ふぁっ⁉」

な、何？　ゾクッと、背中にただならぬ気配を感じて振《ふ》り返る。

そこには燃え盛《さか》る地獄《じごく》の業火《ごうか》を背に、阿吽《あうん》像と化した二人の姿があった。

「ジョーン？　何この子供は？」

「あ？　このビッチ誰よ？」続けて紅小谷。

あわわ……。終わった、完全に終わった。

もはや、絶対的修復不可能案件。俺にはもう……何もできない！

呆然《ぼうぜん》とする俺の目の前に、黒髪ＪＫが何かを見せてきた。

「ダイバー免許《めんきょ》？」

見ると、免許には絵鳩理俐《えばとりり》とある。

写真は僅《わず》かに微笑《ほほえ》んでいて、こんな顔ができるの？　と驚《おどろ》いた。

「あ〜！　受かったんですね？」

絵鳩は小さく頷《うなず》く。

紅小谷が呆《あき》れた顔で「何？　あんたの彼女《かのじょ》？」と訊《き》いてくる。

「いえいえいえ、違います！　あの、お客さんというか何というか……」

「で、オバサン誰？」と追撃《ついげき》をかます絵鳩。

「ハッ、口の減らないガキね？　私は月間5,000万ＰＶを誇《ほこ》る『さんダ』の管理者《マスター》にして、スタイリッシュダイバー紅小谷鈴音よ！！」

紅小谷は半分仰《の》け反るようにして絵鳩を睨む。

絵鳩は一瞬《いっしゅん》、驚いた表情を見せるが、すぐに真顔に戻《もど》った。

「ふん、やっと理解したようね？」

得意そうに紅小谷が髪を後ろへ払《はら》う。

「うわ、無理無理」

「な、なんだとわりゃぁ！　コラ、このぉクソビッチがぁぁぁーーー！」

「やめなさい！」

飛びかかろうとする紅小谷の頭を、母が片手で押さえて止めた。

「わ、何をする！　このＢＢＡ《ババア》！　放せ～！」

紅小谷が腕《うで》を振り回すが、全く届く気配がない。

母は残念そうに「あんたの友達はこんなのばっかりなの？」と大きな溜息をつく。

すると、その時。

「あーーー！　紅小谷、お前何やって……」

受付前で騒《さわ》ぐ、紅小谷と他の面々を見て、矢鱈さんが声をあげる。

うう、これ以上話がこじれるのはやめて欲しい……。

「あ、矢鱈さん、そのぉ、うちの母でして……」

俺は事の成り行きを矢鱈さんに説明する。

その瞬間、シュッとスイッチが入ったように「これはこれは、ジョーンくんのお母様、僕の友達がご迷惑《めいわく》をおかけして申し訳ありません。私、矢鱈堀介と申します」と頭を下げた。

真っ白な歯を見せて笑う矢鱈さんを見て、母が意外そうに表情を緩《ゆる》ませる。

「あらジョーン、まともな子もいるんじゃない。ちょっと安心したわ」

「そう言って頂けると光栄です。ジョーンくんにはいつも良くしてもらってまして……」

陰で俺の袖《そで》をＪＫ絵鳩が軽く引っ張り、耳打ちをしてきた。

「矢鱈堀介って……あの？」

俺はうんうんと頷いて応える。

ったく、今は、それどころじゃ……え？

何を思ったか、絵鳩は母をぐいっと押《お》しのける。

そして、息がかかりそうなほど矢鱈さんに顔を寄せ一言。

「サイン、もらえる？」

「「「えっ⁉」」」

――ダンジョンに皆《みな》の声が木霊《こだま》した。

所持DP……………6736002
矢鱈（入場料）…………500
計……………6741102

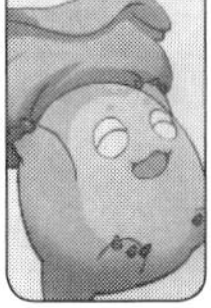

# 第9話　円卓《えんたく》を囲みました。

ズズズズ……。

ズズ……。


ズズズズ。

この状況《じょうきょう》は何だ……？

あの後、母の一声でダンジョンを早仕舞《はやじま》いした俺《おれ》は、なぜか皆《みな》で丸いちゃぶ台を囲んでいた。

「あの〜、じゃあ俺たちはお先に……」

二人の若い男性。ダンジョンを閉めた後に、入れ違《ちが》いで来てくれたお客さんで、申し訳ないからと俺が実家に招待したのだ。

「本当にすみません。明日はちゃんと開けますので……」

「いやいや、大丈夫《だいじょうぶ》ですよ、また来ますから。うどん、ご馳走《ちそう》さまでした」

俺は、ダイバーたちを玄関《げんかん》まで見送って、居間へ戻《もど》った。

「うっ！」

ちゃぶ台を囲む、母、矢鱈《やたら》さん、紅小谷《べにこや》、ＪＫ絵鳩《えばと》が全員でこちらを見ていた。

俺がオドオドと目を泳がせていると、母が「で？　あんたのダンジョンの宣伝をこの娘《こ》に頼《たの》んだってわけね？」と口火を切った。

「ま、私はもう、ズズズ、どっちでも良いけどね、ズズッ」

紅小谷がうどんを啜《すす》りながら言う。

「食べながら話さない！」

「ちょっと母さんってば」

「まあまあ、親身になってくれている証拠《しょうこ》ですよ、ねぇしおりさん」

矢鱈さんはすでに母を名前で呼ぶようになっている、恐《おそ》るべしコミュ力。

唐突《とうとつ》に絵鳩が口を開いた。

「あのー、私もう用事ないんで。うどんだけ撮《と》りますねー」

「「「は？」」」

——パシャッ！

「じゃ、ご馳走様」

「え？　ちょ、ちょっと……」

絵鳩はうどんの映ったスマホを見ながら、さっさと帰ってしまった。

「変わった子ねぇ。ジョーン、言っとくけどあれはダメよ？」

「母さん！」

矢鱈さんが静かに箸《はし》を置いた。

「しおりさんは、ジョーンくんがダンジョンをやる事に反対なのですか？」

「反対ってわけじゃないけど……。この子にそんな大それた事できるのかしら？」

「ははは、何事も経験ですよ。それに、ジョーンくんはプロの僕《ぼく》から見ても、良く頑張《がんば》ってると思います」

「あら、そう？」

母は満更《まんざら》でもない表情を見せる。

「まあ、元々のコアが良いんじゃない？　こんな短期間で十五階層なんて」

そう言って、紅小谷が箸で俺を指した。

「箸で人を指さない！」

「……」

すかさず母から突っ込《つこ》みが入ると、紅小谷は渋々《しぶしぶ》箸を置いた。

紅小谷を横目に、母は眼鏡を直す。

「で、ジョーン。あなたは本当にダンジョンがやりたいの？」

そう問いかける母の目はとても真剣《しんけん》だった。

「そ、そりゃあもちろん！　俺はダンジョンが好きなんだ！」

「……そう。なら、もう何も言わないわ」

え、納得《なっとく》してくれた？

「でも、やるからには条件があります」

「条件……？」

「まず、日々の営業報告を私に入れること。それと、お爺《じい》ちゃんには頼《たよ》らないこと。あと、お爺ちやんに必ず私へ連絡《れんらく》を入れさせること。わかった？」

「営業報告って……」

母は、ノートＰＣを取り出すと「ちょっと待ってなさい」と言って、何やら作業を始めた。

「しおりさんってパソコンが得意なの？」

矢鱈さんが俺に訊《き》いてくる。

「あ、えーっと、プログラムの仕事をしてるんです」

「へぇ、そうなの？」

紅小谷が急に食いつく。

「出来たわ、このアプリをあなたのスマホに送っておくからインストールしておきなさい」

「うん、それはいいけど……」

「あなたのスマホにダンジョンのデバイスから引っ張った売上データが同期されるようにしたわ。私がそれを見て今後の判断をするから、心しておいて」

皆がきょとんとする中、紅小谷だけが「す、すげーーー！！　オバ……し、しおりさん、どうやってデバイスから引っ張ったんですか！！」と興奮して身を乗り出し、ちゃぶ台の食器が鳴った。

「何？　あなた興味あるの？」

「だって、デバイスのプロテクトなんて一体……」

「まあ大手銀行と同程度ってところかしら」

母はこともなげに言う。

よほど凄《すご》いことだったのか、紅小谷は口を開けたまま固まってしまった。

「ところでジョーンくん、これから大変じゃない？　確かに短期間で十五階層に拡《ひろ》がったのは凄いけどさ、もう少し、こう……特色があった方が良いと思うんだよね」

「……確かに」

ふと横を見ると、紅小谷が母に何かを一生懸命《いっしょうけんめい》訊いている。

「ま、そこはジョーンくんの腕《うで》の見せ所だし、何か協力できることがあったら言ってよ」

「矢鱈さん……」

シュッとした矢鱈さんが輝《かがや》いて見えた。

「さ、紅小谷。そろそろ行くぞ」

矢鱈さんが立ち上がり、紅小谷の背中を軽く突いた。

「うーーー、もう少し」

「ダメだ、これ以上邪魔《じゃま》しちゃ駄目《だめ》だよ、ほら」

「……わかった」

名残惜《なごりお》しそうに紅小谷が席を立つ。

「鈴音《すずね》ちゃん、もし、わからないことがあったらメッセージしなさい」

母がスマホを見せて振《ふ》る。

おぉ！　良かった、打ち解けてくれたみたいだ。

「ありがと、しおりさん！　じゃ、遠慮《えんりょ》なく連絡します！」

「じゃあ、僕たちはこれで。ご馳走さまでした」

帰り際《ぎわ》、玄関から漏《も》れ出た光が、外に出た二人の下半身を照らす。

紅小谷は振り返って「あ、そうだ！　ジョンジョン、さんダに記事書いとくから」と手を振った。

「え！　あ、ありがとうございます！」

ていうか、ジョンジョン……？

俺は二人を見送ると、母と二人で食器の後片付けを始めた。

一通り、片付けも終わり、二人でお茶を飲む。

円卓というちゃぶ台を囲むのは俺と母だけだ。

「良かったよ、母さんが許してくれて」

「まだ、完全には許してないからね」

「あ、あれ？　ははは……」

母は短く息を吐《は》く。

「お爺ちゃん帰って来ないわね……」

壁掛《かべか》け時計を見て「もう時間がないわ、行かなきゃ」と立ち上がる。

「え、もう帰るの？」

「まだ案件抱《かか》えてんのよ、急がないと」

母は急いでバッグにノートＰＣをしまう。

「じゃ、あんたインストール忘れちゃダメよ」

足早に玄関に向かう母を慌《あわ》てて追い掛《か》ける。

玄関を出た母が振り返り「頑張るのよ」と優《やさ》しい声で言った。

「うん、わかった。母さんも……」

と、言おうとしたが、すでに母は車に乗り込んでいた。

居間へ戻り、母の作ったアプリをインストールする。

画面にはデバイス上と同じ売上データが表示されていた。

「へぇ～、やっぱ凄《すげ》ぇな母さんは」

あ、そうだ、爺ちゃんにメッセージ送っておかないと。

『母さん帰ったよ』と送信して、ダンジョン雑誌を見ていると車の音が聞こえた。

「お、帰ってきたな」

窓から表を覗《のぞ》く。

「ったく、いい年して恥《は》ずかしくないの⁉」

暗闇《くらやみ》の中で、母の怒鳴《どな》る声が聞こえる。

「あ、あれ……母さん？」


「いやいや、プラトニックっちゅうやつやから……」

「はぁ？　ったく、男は金持つとこれだから……」

「私はお金目当てじゃありませんけど？」

陽子さんも負けていない。

「だったら何だってのよ！」

「だから、真面目《まじめ》にお付き合いしてるんですよ！」

腕組《うでぐ》みをした陽子さんが、母とにらみ合う。

うん『触《さわ》らぬ神に祟《たた》りなし』だ。

そっとカーテンを閉める。

俺は、成り行きを天に任せて布団《ふとん》に潜《もぐ》った。


――その頃《ころ》、D&M・十二階層。

草木生《お》い茂《しげ》る密林の中、モンスたちの蠢《うごめ》く声が響《ひび》く。

『わわわ、取れないラキ！』

『グシュルルル……』

ラキモンの身体《からだ》に纏《まと》わりつくガム状の赤い粘体《ねんたい》。

呑気《のんき》に十二階層で遊んでいたラキモンは、白い鱗《うろこ》を薄《うす》ピンク色の粘液《ねんえき》に覆《おお》われた大蛇《だいじゃ》リュゼヌルゴスに襲《おそ》われていた。

『気持ち悪いラキよ～！』

『グシャアア!!!』

リュゼヌルゴスは青い牙《きば》を見せて威嚇《いかく》しながら、次々に口から粘体を飛ばす。

『やめてラキーッ！』

草むらの中を逃《に》げるラキモンだったが、身体についた粘体が周りの草にくっついて上手《うま》く走れない。

次第に距離《きょり》を詰《つ》めてくるリュゼヌルゴス。

その影《かげ》がゆっくりとラキモンを覆っていく。

『あわわ、ダンちゃん……ラ、ラキ〜〜ッ！！！』

青い牙から粘液が糸を引き、震《ふる》えるラキモンの身体に垂れた——その時。

『ウッホウッホ！』

突然《とつぜん》、茂みの中から繰《く》り出された巨大《きょだい》な拳骨《げんこつ》が、リュゼヌルゴスの巨体を吹《ふ》っ飛ばす。

『グシャーッ！！』

『ウホホッウッホホッ！』

それは、巨人の如《ごと》き体躯《たいく》を誇《ほこ》る野獣《やじゅう》バルプーニであった。

バルプーニの気性《きしょう》は荒《あら》い。縄張《なわば》り意識が強く、自分のテリトリーに入る者を許さない。群れを持たず、単独行動を好み、その戦闘力《せんとうりょく》は高い。

どうやら、バルプーニはラキモンには気付いてないようだった。

リュゼヌルゴスとバルプーニが戦っている隙《すき》に、

『い、いまのうちラキ……よいしょっ、ラキッ！』

地鳴りのようなバルプーニのドラミング音が遠ざかっていく。
ネバネバをなんとか引き剥《は》がしながら、ラキモンは命からがら脱出《だっしゅつ》に成功したのだった。
『ラ、ラキ……ダンちゃん……』

——当然、ジョーンは知る由《よし》もなく大きな寝息《ねいき》を立てていた。

**所持DP…………674102**

# 第10話　まとめサイトで紹介《しょうかい》されました。

皆《みな》さんは、ダンジョンでガムを捨てたことがあるだろうか？

——ガム。その歴史は古い。

ダンジョン内で、初めてガムが発見されたのは、約八〇〇〇年前のことだ。

自身もダイバーである考古学者、ウォームズリー・ゴードン氏の著書『ダンジョン起源』によれば、スウェーデン王国のオールスト島にある、小さなダンジョンに発生したリュゼルパイソン（リュゼヌルゴスの祖先とされている）が吐《は》いた粘体《ねんたい》を『ガム』と呼んだのが始まりとされている。

さて、モンスが生成するガムは、我々の知るガムとはその性質が違《ちが》う。

モンスの粘体は自然分解されるが、我々が馴染《なじ》みの深いガムは分解されることはない。誰《だれ》かが掃《そう》除《じ》するまで存在し続け、やがて、それはタール状の物質に変化して、二階の岩にへばりついたガムを掃除する俺《おれ》のような管理者《マスター》を悩《なや》ませ続けるのだ。

「ったく誰だよクソッ、なかなか取れない……」

ガムと格闘《かくとう》して無事処理を終えた俺は、一階へ戻《もど》ると目を疑った。

「えっ⁉　オ、オムライス⁉」

全身に赤い蝋《ろう》のような物をつけたラキモンが、ヨロヨロとこちらへ向かってくる。

『ダ、ダンちゃん……』

慌《あわ》てて駆《か》け寄り、

「ちょ、どうしたんだよ⁉」

『へ、へびに……やられたラキ……』

「へび？」

力なく答えるラキモン。大分弱っているようだ。

俺は、指先で赤い粘体を少しつまんで確かめた。

……この赤い粘体はリュゼヌルゴスか？

ついに、俺のダンジョンにもそんな中堅《ちゅうけん》モンスが？

おっと、そんな場合じゃなかった。

「よく無事だったなぁ」

やられたら復活するからといっても、気持ちのいいものではない。

一旦《いったん》、やられとくか？　なんて言うやつも中にはいるんだろうけど。

『ラ、ラキ……』

ベッタベタに粘体が絡《から》みついている。だが、リュゼヌルゴスの粘体ならば手はある。

デバイスから、自分のアイテムボックスへアクセスし、ケロ一ネ油を取り出した。

天敵である蛇《へび》系モンスから身を護《まも》るために、フロッグ系モンスは粘体を溶《と》かす油を分泌《ぶんぴつ》する。中でもケロ一ネの油は即効性《そっこうせい》が高く、ダイバーの間でも必須《ひっす》アイテムとされているのだ。

「じっとしてろよ」

俺はケローネ油をラキモンの身体《からだ》に塗《ぬ》り込《こ》んでいく。

臭《くさ》そうなイメージだが、ごま油のように香《こう》ばしい匂《にお》いがする。

『く、くすぐったいラキ……』

すぐに粘体が分解されて油に馴染んでいく。

最後に、濡《ぬ》らしたタオルで拭《ふ》いて完了《かんりょう》だ。

「これで大丈夫《だいじょうぶ》かな」

『ダ、ダンちゃん……助かったラキ』

クリっとした目をうるませて、ラキモンは俺の腕《うで》にしがみつく。

「わかったわかった。で、何でこんな事に？」

『十二階で遊んでいたら、こ〜んな、おっきなへびに襲《おそ》われたラキよ！』

ラキモンは精一杯《せいいっぱい》背伸《せの》びをして身体を広げた。

「あんまりフロア移動してると危ないぞ？　リュゼヌルゴスなんて話通じないからな」

『ラキ……』

特殊《とくしゅ》なモンスを除き、モンスは発生した階層から移動しない。

ラキモンは神出鬼没《しんしゅつきぼつ》な特性があるので、ウロチョロしている事が多いのだ。

「まあ、元気出せよ。そうだ、これ食べるか？」

瘴気香《しょうきこう》をラキモンに見せる。

『うっぴょーっ！！　もう大丈夫ラキーっ！！』

ラキモンは瘴気香を咥《くわ》えて、嬉《うれ》しそうに飛び跳《は》ねた。

「お、おう……」

本当に好きだな、瘴気香……。

そしてそのまま、何事もなかったようにダンジョンに戻っていく。

うーん、本当に大丈夫かよ……。

心なしかワントーン明るく見えるラキモンの後ろ姿。

その姿が見えなくなるまで見届けたあと、タオルと掃除道具を片付けた。


「ふぅ」

カウンター岩で、麦茶を入れて一息。

スマホを取り出して『さんダ』のサイトを開いた。

「あっ！　記事が載《の》ってる！」

☆これは現代の秘境か⁉　それともオアシスか⁉　紅小谷鈴音《べにこやすずね》のダンジョンレポ☆

——今回は四国の香川県にあるD&Mダンジョンをレポート‼

風情《ふぜい》のある獣道《けものみち》を進んでいくと、岩肌《いわはだ》に苔《こけ》や蔦《つた》の葉が絡み、良い雰囲気《ふんいき》を出している洞窟《どうくつ》が顔を見せる。ここが、今回取材で訪《おとず》れたD&Mダンジョンだ。

業界最安クラスの入場500DP《ダンジョン・ポイント》。

フロアは十五階層と比較的《ひかくてき》浅いが、そのバランスの取れた構成は必見。

まず、一、二階は、ヒカリゴケの幻想《げんそう》的な光がダイバーたちを出迎《でむか》え、美しい光景を目にする事ができる。※カップルにオススメ。

そして、三階～五階はオーソドックスな洞窟タイプ、ここには管理者の心憎《こころにく》い演出があり（要チェック）、五階最深部にはマッドなGK《ゲートキーパー》が控《ひか》えているぞ。

さらに、六階～十階は、ダイバー心をくすぐる迷宮《めいきゅう》タイプのフロアが広がり、床《ゆか》に散らばるスケルトンの骨が程《ほど》よい退廃《たいはい》感を醸《かも》し、小部屋の数も多くて好奇心《こうきしん》を駆《か》り立てる。

十一階～十五階までは、様々なモンスタが出現する密林タイプのフロアになっており、来るものを飽《あ》きさせない！　これは諸君、見逃《みのが》せないぞ！

おぉ、すごく褒《ほ》めてくれてる！

これは、紅小谷にお礼を言わないとな。

すっかり満足して、他の記事にも目を通していると、スマホの画面にメッセージ通知がポップアップした。


お、リーダー曽根崎《そねざき》だ。

『おいおい、さんダ見たぞ！　凄《すご》いじゃん、アイツに教えてやったら顔真っ赤にしてたぞｗ』

アイツって多分、元上司の事だろう。

『ウケますね、そっちはどうですか？』

『うーん、暇《ひま》だね。あ、夏休み取ったら一回そっちに遊びに行くよ』

『え、本当ですか？　ぜひ！　楽しみにしてます』

『おう、じゃあラキモンによろしくなｗｗ』

あ、バレてたか。

さすがリーダー曽根崎、良くチェックしてらっしゃる。

『すみません、バレちゃいました？』

『大丈夫大丈夫、どうせ、他の奴《やつ》がやろうとしても無理なんだし、気にすんなよ』

『そう言って貰《もら》えると気が楽です、じゃあ待ってますね！』

『おう、またな』

俺はスマホをカウンター岩の上に置き、考えを巡《めぐ》らせた。

知名度も上がるだろうし、そろそろイベントを……。

しかし暑いな……。ん？

夏といえば海。

海といえば水着回……？

だが、ダンジョン一筋の俺には無用の長物、女の水着になど興味はないっ！

男なら……そう、キャンプだ‼

ダイバーたちに参加を募《つの》って、一日貸切でダンジョンキャンプをやってはどうだろうか？

早速《さっそく》、俺はイベント内容の作成に入った。

訪れるダイバーたちの受付をこなしながら、合間でA４用紙にアイデアを書き留めていく。

というわけで、ジャジャーンッ！

11：00～　余裕《よゆう》の十一時集合、ダンジョン前で参加者確認《かくにん》。
12：30～　各自に弁当を支給（うどんは禁止）GKを皆で狩《か》る。
14：00～　迷宮で宝探し、一番に見つけた人に特典（あとで決める）。
16：00～　密林で食料調達、武器の見せ合いなど交流を深める。
17：00～　皆でBBQ、後片付けをして終了《しゅうりょう》。

「なかなか良いんじゃん？」

参加費は3,000ＤＰ、いや高いか……2,000ＤＰなら大丈夫かな？

何人来るかが問題だけど……。


「何をブツブツ言ってんの？」

ハッと声がした方を見ると、両手を腰《こし》にあてた紅小谷が、怪訝《けげん》そうな顔で俺を見ていた。

「あ！　記事ありがとうございます！　いやぁ、あんなに褒めて貰えるなんて……」

紅小谷は俯《うつむ》き加減で頭を振《ふ》りながら言った。

「礼なら、しおりさんに言うことね、ジョンジョン」

「ジョ……、え？　何で母が……？」

紅小谷は、祈《いの》るように両手を組んで「ああ、しおりさんは天才だわ！」と天を仰《あお》いだ。

「ど、どうしたんです？」

何だろうこの変わり様は……母が何かしたのだろうか？

「どうもこうも、しおりさんに『さんダ』のサーバーを見てもらったの。そしたら処理速度が倍以上になって、それはもう……感・激よ！」

「そ、そうだったんですか……」と、若干《じゃっかん》引き気味の俺。

すると、紅小谷は俺がアイデアを書いた紙を素早《すばや》く手に取った。

「あ！　ちょっと……」

「いいじゃない！　えーっと何これ？」

「イベントをやろうと思って……」

紙を俺に向けてひらひらさせて、チチチと舌を鳴らす。

「これだからシロートは……。いい？　イベントってのは大枠《おおわく》だけ決まってれば良いのよ。それに、この内容じゃ弱いし、夕方まで保《も》たないわ」

「そ、そうっすか……」

俺は肩《かた》を落として、自分の不甲斐《ふがい》なさを痛感する。

そんな俺の様子を見た紅小谷は、やれやれと短く息を吐き「あんたさぁ、目の前にプロがいるんだから任せなさいって」と片目を瞑《つむ》る。

「べ、紅小谷さん！」

「これは、しおりさんへのお礼でもあるんだから、あとでちゃんと言っといてよね！」

と、俺に念を押《お》した。

「はい、ちゃんと伝えます！　で、具体的に何かいい方法が？」

紅小谷はふっと笑い「何が起きるかわからないから面白《おもしろ》いのよ、ダンジョンは！　私が手本を見せてあげるわ！」と語気を強めた。


——数日後。

紅小谷から一通のメールが届いた。

【タイトル】
☆★魔夏《まなつ》のD&Mキャンプナイト★☆

【サブタイトル】
~ダンジョンに隠《かく》れたヴァンパイアを倒《たお》そう~

【イベント内容】
全十五階層のダンジョンの何処《どこ》かにイベントボス・ヴァンパイアが出現!
(これはあんたが用意しなさい)
まさかのヴァンパイアの力が最も上がる満月の夜に開催《かいさい》‼
(次の満月は三日後だから、すぐに告知をしなさいよ)
ボス討伐《とうばつ》後には、皆でBBQ・花火も!
(BBQ、花火も用意しておくこと)
参加費……お一人様3,000DP。

「うーむ、流石《さすが》はプロ」

しかし、ヴァンパイアとなるとかなりのＤＰが……。

いや、ここは勝負だ！

これが成功すれば、ウチを気に入ってくれるダイバーも増えるだろうし。

「よしっ！」

俺はデバイスから協会サイトへアクセスをして、告知内容を入力する。

これは楽しみだぞ、へへへ。

そして、入力後にヴァンパイアのＤＰを調べる。

「えーっと、ヴァンパイア～っと……」

・ヴァンパイア……250,000ＤＰ

「ちょっ！！」

俺は慌てて紅小谷へ電話をする。

数回のコールが続き、

『なんで直電なの？　バカなの？』という怒《いか》りの声が聞こえた。

「あ、その本当すみません！　例のイベントなんですが……」

『何？』

「あのですね、ヴァンパイアの召喚《しょうかん》ＤＰが思ったより高いかなぁ、なんて……」

『はぁ（溜息《ためいき》）、いい？　これは宣伝も兼《か》ねてるの、まさか『さんダ』の、あの程度の記事で客が来るとでも思ってるわけ？　そもそも、このイベントで儲《もう》けを出そうなんて考えてないの！　このたわけっ！』

「は、はい！」

『ったく、すぐに回収できんだからビビってんじゃないわよ、もう』

「すみません……」

『じゃあもう、二度と直電しないでね！　わかった？』

「わかりました！」

――通話が切れる。

ああ、怒《おこ》らせてしまった……。

折角、紅小谷が知恵《ちえ》を貸してくれているというのに。

だが、落ち込んではいられない。

すぐに行動しなければ！

デバイスを前に、深く息を吸い込み「よし」と気合を入れる。

そして、ヴァンパイアの召喚画面にいき「ええい！」と目を瞑《つぶ》ってタップした。

・ヴァンパイア・ロード……500,000ＤＰ

チャリーン　△500,000ＤＰ。

「えーーーーーーーーーーーーーーーっ⁉」

ちょちょちょちょちょっと、まってぇぇぇぇぇ⁉
チャリーンって額じゃねぇぞ⁉
何で？　何で？　ふぁ？
ちょ……えっ⁉
うそだろぉぉぉぉーーーー！！！
人気《ひとけ》の無いダンジョンに悲痛な叫《さけ》び声が響《ひび》いた。
デバイスの　画面が滲《にじ》む　ダンジョンの夜。
ああ、悲しきかな、悲しきかな。

所持DP・・・・・・・・・　674102
召喚・・・・・・・・・・　△500000
来客10人・・・・・・・・・・　5000

計・・・・・・・・・・・・・・・・・・・・・・　1791102

# 第11話　イベントの用意をします。

紅小谷《べにこや》と矢鱈《やたら》さんがカウンター岩の前で腕組《うでぐ》みをしている。

「まあ、いいんじゃん？　ヴァンパイア・ロードでしょ？　あ、紅小谷さぁ、あのクラスの復活率って、どのぐらいまで落ちるんだっけ？」と矢鱈さん。

「ロードだと、一応上位種だから最大三回まで。運が悪けりゃ一回も復活なしね」

紅小谷が腕組みをしたまま答える。

自然発生したモンスと違《ちが》い、召喚《しょうかん》したモンスには、復活する際に法則がある。

ご存じの通り、自然発生したモンスは、コアがある限り復活するのだが、召喚したモンスには『弱いモンスほど、復活しやすく、強いモンスほど復活しにくい』という法則が働く。

上位種になると、復活しにくいうえに回数制限という制約が掛《か》かり、逆に下位種には回数制限は無く、自然発生したモンスと同等というのが現在の共通認識《にんしき》だ。

厳密に言えば下位種にも制限があるのかもしれないが、現時点では確認されていない（これが『おみくじモンス』で多頭崩壊《ほうかい》が起きている理由）。

この法則を、ダイバーたちの間では復活率と呼んでいる。

「あ、じゃあ運が良ければ三回イケるかも？」

軽く笑って矢鱈さんが言った。

「はぁ?、そりゃあ、運良く三回復活して、三回とも独りで倒《たお》せれば総取りだわよ？　でも、そんな都合の良いことあると思う？　それに、あんたみたいなチートダイバーじゃない限り、無理にきまってるでしょ！　バカなの？　しかも、そんな事したらイベントやる意味なくなるでしょうがっ！　このたわけーっ！」

紅小谷が捲《まく》し立てるが、矢鱈さんは表情一つ変えない。

「まあまあ、お二人とも……麦茶でも」

俺《おれ》は麦茶を差し出す。

「あんたのせいでしょうがっ！！」

「す、すみません、つい気負って手元が……」

紅小谷が麦茶をぐいっと飲み干して、眉根《まゆね》を寄せる。

「ったく、仕方ないけど、このままやるしかないわね」

そう言って、俺の目を見据《みす》えると細かく説明を始めた。

「いい？　こういうイベントはね、召喚モンスの復活が何度あるかで、費用回収までの時間が決まるのよ。私はそこを見越《みこ》して、ある程度復活しやすい、ノーマルのヴァンパイアを選んでたってわけ」

一言も聞き漏《も》らすまいと、俺は真剣《しんけん》な顔で頷《うなず》く。

「すぐに回収できるって言ったのはそういう意味。イベント客もそれを狙《ねら》って、次は普通《ふつう》に足を運ぶだろうしね」

俺には返す言葉もなかった。

そこまで深く考えてくれていたとは……。

「大丈夫《だいじょうぶ》大丈夫、いざとなったら僕《ぼく》だけでもイケるから」

と矢鱈さんが笑う。

「だーかーらー、それじゃ意味ねぇっつってんでしょうが！」

紅小谷が俺にグラスを突《つ》き出すので、俺は慌《あわ》てて麦茶を注いだ。

「はは、そんな怒《おこ》るなって」と矢鱈さん。

本当にこの人はどこまでも飄々《ひょうひょう》としてるなぁ。

「いい？　皆《みな》で倒すから楽しいのよ？　あんた独りで倒しちゃったら誰《だれ》も来なくなるでしょ！！

間違ってもやりすぎないでよね？　わかった？」

「わかってるって、ねぇ？　ジョーンくん」

「え？　は、ははは……」

笑って誤魔化《ごまか》していると紅小谷が「で、参加者は今どのぐらいなの？」と訊《き》いてきた。

「はい、えーと、二十人程《ほど》です」

「あと十人は欲《ほ》しいわね……」

紅小谷は立ったまま、片手で頬杖《ほおづえ》をつき何やら考え込《こ》む。

確かに二十人でヴァンパイア・ロードを相手にするのはキツい。

あれは分身する上に本体を隠《かく》す。

なので、手分けして本体を探しつつ、分身を相手せねばならない、非常に面倒《めんどう》な相手なのだ。

だが、その面倒な上位種だけあって、得られるＤＰ《ダンジョン・ポイント》は高い。

さらに、分身からも倒せばＤＰが、本体からは、ＤＰに加えてＲ《レア》アイテムもドロップする。

ヴァンパイア系モンスの人気が高い秘密でもある。

分身の数には個体差があるが、経験上、ロードの場合三～五体に収まる事が多い。

紅小谷が言うように、これがノーマルのヴァンパイアなら、難易度や復活率などを考えると、イベントに最適のモンスと言えるだろう。

矢鱈さんが何かシュッと思いついたように口を開いた。

「別に初心者でもいいよね？　本体を探す手伝いとか他のモンスを相手してくれるだけでも助かると思うんだけど？」

紅小谷は納得《なっとく》した顔をして「確かにそうね……そうだジョンジョン！　告知に初心者も歓迎《かんげい》って入れなさい、それとベテランダイバーがサポートしますってのも」と俺に指示を出した。

「はい！　すぐやりますっ！」

俺は言われたとおりに、告知文面を付け足した。

紅小谷は、残っていた麦茶を自分で注いで飲み干す。

「ぷはっ。じゃあ、私は、このイベントが終わったら東京に帰るんだから、これ以上面倒は起こさないでよね？　わかった？」

「はい、もちろんです！」

俺は背筋を正して、帰って行く紅小谷に頭を下げた。

「ははは、ジョーンくんは謝《あやま》ってばっかだなぁ」

呑気《のんき》に矢鱈さんが笑う。

「は、はは……」

俺は頭を掻《か》いて、

「そういえば矢鱈さん、また本出したんですね？　『ダンジョンにやたら行くのは間違ってない』ってやつ。ネットで結構話題になってましたよ」と言った。

「そうなの？　以前書いてたやつだけど、やっと決まってね。今回は参考書じゃなくて、指南書とでもいう感じかなぁ」

「凄《すご》いですねぇ、アマ〇ンランキングにも載《の》ってるし」

「ははは、最初だけ。すぐに落ちるって」

嫌味《いやみ》のない笑顔《えがお》で答える。

さすがプロだなぁ、それに比べて俺ときたら……。

くよくよしても仕方がない、汚名《おめい》返上すれば良いだけのこと！

必ずこのイベントを成功させてみせるぞ！

「良かったら読む？」

矢鱈さんがバッグから本を取り出す。

「え？　良いんですか！」

いや、でもこれはさすがに悪いよな……。

俺が遠慮《えんりよ》をしていると「大丈夫だって、ジョーンくんだし、俺は気にならないよ、何が問題なんだい？」と肩《かた》を竦《すく》めて笑ってみせた。

「や、矢鱈さん……」

何て良い人なんだ！　うぅ、これは有り難《がた》く頂戴《ちようだい》すべきか。

「じゃあ、お言葉に甘《あま》えて」

「うん、じゃあ俺もそろそろ行くかな、麦茶ご馳走様《ちそうさま》」

矢鱈さんが、グラスをカウンター岩にのせる。

「はい、ありがとうございました！　また！」

手を振《ふ》る矢鱈さんを見送って、俺はデバイスを確認した。

「参加者は……お！　二十五人か、結構増えてる！」

しかし、東京などと違って、田舎《いなか》では絶対数が少ない。

レイドならともかく、只《ただ》の自主イベントでは思ったより集まらないのが現状。

だが、ヴァンパイア・ロードは人気も高い。

倒したいダイバーは多いはずだが……。

その時、スマホが鳴った。

画面を見ると『ホームセンター島中《シマナカ》』とある。

「え？」

島中が何の用だろう？

不思議に思いながらも画面をタップした。

『どうも、お世話になっております。ホームセンター島中の平子でございます。壇《だん》様の携帯《けいたい》でお間違いないでしょうか？』

「あ、どうも壇です」

どの平子だろうか？　この感じ……Ａか？

『あー、これは壇様。突然《とつぜん》すみません。あの、あれからフェンスの不具合など起きてませんか？』

「ああ、問題ないですよ！　バッチリです」

アフターサービスかな？

『それはそれは、もし何かあればすぐにお伺《うかが》いしますので』

「どうも、ありがとうございます。えっと、何かありました？」

『ついでの様で申し訳ありません、実は壇様のダンジョンでイベントが行われると告知されていたものですから、何かご入用の物がないかとお電話差し上げた次第《しだい》です』

「あー、なるほど！　……ちょっと待って下さいね？」

丁度、ＢＢＱセットと花火を買おうと思っていた所だった。

このまま注文をしてしまおうかと思ったが、ふと、妙案《みょうあん》が浮《う》かんだ。

「あの、平子さんってご兄弟は何人いらっしゃるんですか？」

『え？　あ、ああ、全部で六人兄弟ですが……』

「ダイバー免許《めんきょ》って持ってたりします？」

『はい、もちろん。仕事柄《がら》、全員取得済みです』

俺は、声を出さないようにガッツポーズを取る。

その後、気持ちを落ち着けて「イベントに、参加してもらえませんか？　代わりにＢＢＱセットとか花火とか、イベントで使う物は全部そちらでお願いするので」と言った。

『本当ですか！！　それはありがたい話です！　あ、人数は何人ほど必要でしょうか？』

「五人って……どうですか？」

『大丈夫ですよ、五人ですね？　では、必要なものは、当店のＨＰからご注文頂ければと思います。あと、当日は弟たちを参加させます。いやぁ、弟たちも喜びますよ』

「本当ですか、ありがとうございます！　へへ、じゃあ、よろしくお願いします」

『はい、承りました。では失礼致《いた》します』

ふぅ……。

これで人数は最低限揃《そろ》った。

あとは、開催《かいさい》までに少しでも参加者が増えてくれれば……。

おっと、忘れないうちに、イベントで使う物を島中で注文しておこう。

ロード討伐《とうばつ》が終われば、実家の前でＢＢＱと花火だな。

食材は、買い出しに行くとして、あとは……。

おっと、お客さんだ。

「こんにちは〜」


――その頃《ころ》、同市内・ファストフード店。

制服姿で、窓際《まどぎわ》の席に座って頬杖をつきながら、独りスマホを眺《なが》める絵鳩理俐《えばとりり》の姿があった。

見ているサイトはＤ＆Ｍのイベント情報欄《らん》。

『魔夏《まなつ》のＤ＆Ｍキャンプナイト参加希望の方はこちら』

「イベント……」

絵鳩は小さく呟《つぶや》いて、画面をじっと見つめていた。

『こちら』の文字を、押《お》そうとしてはやめ、また、押そうとしてやめる。

氷が溶《と》けて薄《うす》まったオレンジジュースを一口飲んだ後、絵鳩は画面をタップした。

『ありがとうございます、参加受付が完了《かんりょう》致しました。ご来店心よりお待ちしております』

画面の文字を見て、絵鳩は気が抜《ぬ》けたようにカウンターテーブルに倒れ込む。

ふやけた紙コップについた水滴《すいてき》に、ストローの空き袋《ぶくろ》をくっつけた。

「はぁ」

気だるく身を起こして、スマホのＳＮＳアプリを起動させると、絵鳩は両手で素早《すばや》く操作し投稿《とうこう》する。

『初めてのダイブ！　イベントに参加するよ～』

と、画面に表示された。

同時に、同意や好意を示すハートマークの横にある数字が、見る見るうちに増えていく。

絵鳩はそれを見てスマホの画面を消した。

**所持ＤＰ…………179102**
**来客５人…………2500**

**計……………181602**

# 第12話　イベント開催《かいさい》です。

ヒーッヒッヒ……魔夏《まなつ》の夜、満月が笑い、地に潜《ひそ》む魔物たちが蠢《うごめ》く。ヒィ～。

生暖かく湿《しめ》った空気が……グゲッグゲ……辺りを包み、シャーッ……皆《みな》の顔が暑さに歪《ゆが》む……ワオォーーン……。


——我が実家、正面空き地に集まるは総勢三十八名の猛者《もさ》共。


その猛者たちを前に、俺《おれ》は足を震《ふる》わせながら木箱の上に立った。

「えー、皆様《みなさま》、お暑い中お集まり頂きまして……その、ありがとうございます。えー、ほ、本日は……」

紅小谷《べにこや》が俺を引っ張り、耳元でダメ出しをする。

「ちょっと、いい加減にしなさいよ？　みんな暑いんだから、さっさとダンジョンに行けばいいのよ！」

「あ、はい。すみません」

俺は再び皆に向き直り「失礼しました！　では、早速《さっそく》『魔夏のD&Mキャンプナイト』を開催します！　参加確認《かくにん》が終わってない方いらっしゃいますか！」と尋《たず》ねた。

返事はない、大丈夫《だいじょうぶ》のようだ。

「では、これからダンジョンへ向かいます。受付で各自装備が終わり次第《しだい》、先程《さきほど》の班分け通り探索《たんさく》を始めて下さい。初心者の方は、決して無理はしないようにお願いします！」

「「「おぉーーーーーーーっ！！！」」」

皆の声の大きさに、少し鳥肌《とりはだ》が立つ。

俺は木箱から下りて、先にダンジョンのカウンター岩へ向かった。

班分けは、十名×三組、八名一組で編成。

ベテランのダイバーさんが意外に多かったので、なるべく戦力が平均的になるように考慮《こうりょ》した。

俺は、八名の班で参加することに。

メンバーは矢鱈《やたら》さん、俺、絵鳩《えばと》、平子《ひらこ》B～Fだ。

ロード討伐《とうばつ》後のお楽しみである、BBQセットもすでに設置済み、花火も消火用バケツもおｋ。

紅小谷は他の班に入ってもらった。というか本人が希望した。

探索エリアは、ヴァンパイア・ロードが七階に本体を隠《かく》していると仮定し、迷宮《めいきゅう》フロアを中心に行う。そして発見次第、アイテムの『マンドラの実』と『共鳴針《きょうめいしん》』で知らせるといった具合だ。

マンドラの実は潰《つぶ》すと、実自体が特殊《とくしゅ》な叫《さけ》び声を発声するようになっており、その声に共鳴して場所を示すアイテムが共鳴針である（実の叫び声による身体《からだ》への影響《えいきょう》なし）。

この二つを組み合わせて使うことにより、ダンジョン内でも、互《たが》いの場所を知らせる事ができるのだ。

俺は次々と来るダイバーたちの入場受付をこなしていく。

笹塚《ささづか》ダンジョン時代に培《つちか》った接客スピードが功を奏し、驚《おどろ》くほどスムーズに人が流れていく。

途中《とちゅう》、ベテランダイバーの装備に驚かされながら、残すは絵鳩の受付のみとなった。

「さてと、じゃあＩＤを出して」

「あ、はい」

絵鳩は少し緊張《きんちょう》しているのか、慌《あわ》ててカードを差し出す。

ふふ、キャラ変わってんな、おい？

俺はそんな絵鳩を微笑《ほほえ》ましく思いつつデバイスを見る。

「あ、装備がないんだよね？　じゃあ俺のを貸すとして、どんな武器が良いかな？」

「え……と」

絵鳩は助けを求めるように、矢鱈さんを見た。

白い歯を輝《かがや》かせながら矢鱈さんが「女の子だし、最初は弓とかが良いんじゃないかな？　接近戦は怖《こわ》いもんね？」と、優《やさ》しく尋ねる。

「あ、軽い剣《けん》とかが良いかなって」

「え？　あ、そうなんだ？　はは、じゃあジョーンくん良いの持ってる？」

「あ、はい。えーと『ヤスのポン刀＋50』『ニードル＋32』『キレっキレの長巻＋13』とか……」

俺はリストから順に読み上げた。

絵鳩は毛先をくるくると指で触《さわ》りながら目線を合わせない。

「もっとカッコいいの無いの？」

「ぐ……、こ、これでも結構な武器なんですけど……」

「まあまあ、ジョーンくん。じゃあ僕《ぼく》のを貸してあげるよ」

矢鱈さんはそう言ってIDを俺に渡《わた》す。

「んー、あれがいいかな？　『五月雨珠近《さみだれじゅこん》』出してくれる？　あ、強化してない方ね」

俺は思わず、ブタっ鼻になる。

「ンゴッ！　さ、五月雨……じゅ、じゅこん？」

て、天下五刀シリーズだと!?　ちょ、レイド武器じゃないっすか！！

おいおい、矢鱈さんよ、いくら何でもやりすぎでは？

しかも、二振《ふ》り持ってるとか……。

「こ、こんな、わ、わ、業物を……」

「じゃ、それ」

俺の慌てぶりを見て、気に入ったのか、察したのか、絵鳩は即決《そっけつ》しやがった。

ぐぬ……。

「い、良いんですよね？」と矢鱈さんを見る。

「うん、全然。ほら、早くしないと」

「わかりました、では」

俺は五月雨珠近を取り出す。

おお、何という名刀。ずっしりではなく、しっとりといった上品な重さがある。

その細身の刀は長く、鞘《さや》に収まっているにもかかわらず、全体が朧気《おぼろげ》に発光して見えた。

「ん」

絵鳩が早く渡せと言わんばかりに手を突《つ》き出す。

こ……この小娘《こむすめ》がぁ～……。

俺は仕方なく「丁寧《ていねい》に扱《あつか》わなきゃ駄目《だめ》だよ」と渡した。

「大丈夫大丈夫、別にガンガン使ってくれて構わないよ。それより楽しまなきゃね」

そう言って矢鱈さんが笑うと、絵鳩がチラッと俺を見て鼻で笑った。

くっ！　この……。キーッ。

……ま、まあいい。

次に防具だが、これは事前に決めて来たのか、絵鳩からリクエストがあった。

多分、何かの雑誌で見たのだろう、女子人気の高い『フェザーメイル』だった。

ふわふわの白い羽が女子力を上げるというが、俺には理解不能だ。

俺は一度も袖《そで》は通していない、と念を押《お》してから、絵鳩にフェザーメイルを貸してやった。

さて、俺はいつもの『ルシール＋99』に『ダイバースーツ＋60』、盾《たて》は持たない主義だ。

矢鱈さんは『野太刀《のだち》』に『たびびとの服』『皮のたて』と心配になるほど簡素な装備。

紅小谷は『こいつはこれぐらいで丁度いい』と言っていたが……。

絵鳩が女性用更衣室《こういしつ》で着替《きが》えをしている間に、俺は人数分のマンドラの実と、共鳴針を手渡《てわた》した。

「いやぁ、久しぶりなんで緊張します」と平子C。

するとと平子Eが「俺とDはたまに行ってるけどな」と笑う。

そう言えば、平子Eは初めて会うが……やはり区別がつかない。

初めてみる眼鏡ではあるが、もし交換《こうかん》されたら判別不能だ。

それはさておき、俺は皆に向かって、お礼と自分の意気込《いきご》みを伝える。

「今日はありがとうございます、皆で楽しみながら、がんばりましょう‼」

「「「「もちろんです！」」」」

さすがに五人同時に言われると、音圧を感じる。

ちょうど着替えから戻《もど》った絵鳩も、ビクッと肩《かた》を震わせた。

平子兄弟が着替え終わった絵鳩を見て「「「「おぉ～～～！」」」」と歓声《かんせい》を上げる。

絵鳩が照れくさそうに「へへ」と髪《かみ》を触った。

白い羽に包まれているように、ふわふわ感が凄《すご》い。

まあ、そりゃあ可愛《かわい》いよ？

可愛いとは思うが、そんな声をあげる程《ほど》かと俺は思う。

準備も終わり、いよいよ俺たちの班もダンジョンへ入る。

「じゃあ、用意はいいですね？」

「「「「おーーーー！！！」」」」

掛《か》け声とともに、皆で天高く拳《こぶし》を上げた。

一階奥《おく》の階段から二階へ向かう。

「きゃっ、こ、これ何⁉」

絵鳩がスライムを見て声を上げた。

「スライムだよ。ちょっと倒《たお》してみる？」

「あ、う、うん……」

ギクシャクした動きで五月雨珠近を鞘から抜《ぬ》く。

――フワンッ――。現れた刀身の波動だけでスライムは霧散《むさん》してしまった。

「え？」

絵鳩は目を丸くして、髪を耳にかけ直した。

首を傾《かし》げながら、剣を鞘へと戻す。

だからその武器強すぎなんだってば……。

「ま、まあ仕方ないね。じゃあ先に進もうか？」

奥へ進むと、ヒカリゴケが織りなすオーロラのような光が。

「おぉ……」

「うわぁ」

「すごいですねぇ」

などと言いながら、俺達は順調に三階へ下りる。

急に洞窟《どうくつ》タイプに変わり「おぉ、こ、怖いっすね」と平子Dが呟《つぶや》いた。

この先の階段のペイントを見たらどうなるのだろう、俺はククと悪戯《いたずら》っぽい笑みを浮《う》かべる。

ぞろぞろとついてくる平子たちの武器は、なぜか全員が『モーニングスター』、鎧《よろい》は『鎖帷子《くさりかたびら》』であった。

その真面目《まじめ》そうな外見に全くそぐわない感じが、逆に良いと俺は思う。


――バタバタバタッ！

ババババットの群れが襲《おそ》ってきた！

「おまかせを！」平子B～Dが迎撃《げいげき》する。

「あ、ずるい！」

絵鳩が五月雨珠近を抜いた。

その瞬間《しゅんかん》――フワンッ――刀身の波動でババババットが全滅《ぜんめつ》する。

「ちょ、おま！」

「ご、ごめん」

絵鳩が平子兄弟に珍《めず》らしく素直《すなお》に謝った。

だが、お前が謝《あやま》っているのは丸い黒縁《くろぶち》眼鏡。平子Fだ。

「大丈夫ですよ、絵鳩ちゃん」

平子兄弟が全員で絵鳩を甘《あま》やかしている。

所詮《しょせん》は男。悲しい生き物だ。

階段を下りる。

途中、後ろから平子の悲鳴が聞こえた。

どうやら壁《かべ》のペイント（7話参照）を見たようだ。ククク……。

俺は隣《となり》の矢鱈さんに「先行組はどの辺まで行ってますかね？」と訊《き》く。

「うーん、GK《ゲートキーパー》は倒しちゃってるかもね。強そうな人結構いたし」

「ですよねー」

五階へ着くと、やはりGKの姿はなかった。

「あー、やっぱ倒されてますね」

「仕方ないね、先へ行こうか」


――その時。

バババババババッ！！！！

無数のバババットが、凄《すさ》まじい勢いで飛んできた！

空中にまるで波のように、形を変えて広がったり、集まったりしている。

そして、次の瞬間、バババットが一点に集まり始める。

段々と輪郭《りんかく》がはっきりして、人の形が顕《あらわ》れた。

矢鱈さんが楽しそうに笑う。

「ロードじゃん！　やった、ついてるねジョーンくん」

「ちょ、矢鱈さん、余裕《よゆう》すぎますって！」

俺はルシール＋99を構え、絵鳩に矢鱈さんの後ろに下がる様に伝える。

そして、平子兄弟を俺の方に3、矢鱈さんに2と振《ふ》り分けた。

その僅《わず》か数秒の間に、朧気だった輪郭は完全なる姿を形成する。

ヴァンパイアの王、ヴァンパイア・ロード。

その真っ白な肌《はだ》、美しい銀髪《ぎんぱつ》、紅《あか》く燃えるような瞳孔《どうこう》。

中世貴族を思わせる、華美《かび》な洋服でさえも、その美しい容姿に霞《かす》んでしまう。

鷹揚《おうよう》にこちらを向くと、笑うその口元には鋭《するど》い犬歯が光った。

『羽虫共か……、長き眠《ねむ》りから覚めたというのに。おや？　女、気に入ったぞ？　こちらへ来い』

ロードが絵鳩を見て、手を差し出す。

「目を見るな！　幻惑《げんわく》だ！」

慌てて絵鳩が平子Eの背中に隠れた。

手早く野太刀を構えた矢鱈さんは、シュッと俺を見て、

「ジョーンくん、一緒《いっしょ》にやる？」

「はい、矢鱈さん！　平子さんたちは絵鳩のガードを頼《たの》みます！」

「「「「おうよ！」」」」

それを合図に、俺と矢鱈さんは同時に飛び出す！

左右に分かれ、俺は足を、矢鱈さんは顔を目掛《めが》けて攻撃《こうげき》を繰《く》り出した。

『ふむ、こんなものか？』

ロードが黒いマントごと手を払《はら》うと、俺は凄まじい風圧で吹《ふ》き飛ばされる。

「うわわっ」

ゴロゴロと床《ゆか》を転がり、壁にぶつかる。急いで体勢を立て直した。

矢鱈さんは「ふぅ～危ない危ない」と言って笑っている。


「こっのぉ！！」

平子BとCがモーニングスターで殴《なぐ》りかかった！

しかし、攻撃が当たる瞬間、ロードは身体をバババットに変え散開し、少し離《はな》れた場所でまた合体した。

その美しい顔は歪み、本来の醜悪《しゅうあく》な魔物の姿をさらけ出す。

『無駄《むだ》なことよ、愚《おろ》かなりぃ！　汚《よご》れた人間ども！　貴様らの血、一滴《いってき》も……』


――サクッ！

『ガッ？　うぅ……？』

ロードの頭に刀が刺《さ》さった。

そして、その刀はそのまま足元まで、ロードを真っ二つに斬《き》り裂《さ》いた。

ロードが霧散する、どうやら分身だったようだが……。

おいおい、マンドラの実を潰す暇《ひま》もなかったぞ。

「いぇい！」

片手で五月雨珠近を肩に担《かつ》いだ絵鳩がピースサインを見せる。

「「「「うぉぉぉぉ！」」」」

平子兄弟たちが歓声を上げる。

「あらら……お見事」と矢鱈さんが俺を見て肩をすくめた。

「て、ていうか、マジで……」

もはや、苦笑いするしかない俺。

てか、いくら分身っつても……。

矢鱈さんは片手で顎《あご》を撫《な》でながら「ははは、もう少し弱い武器にした方が良かったかな？」と苦《く》笑《しょう》した。

「そりゃそうですよ」と俺は呆《あき》れ顔で見る。

「あ、紅小谷には内緒《ないしょ》だよ？」

弱めにシュッと笑った矢鱈さんは、平子兄弟と絵鳩の側《そば》に行き、一緒になって「凄い凄い」と大《おお》袈《げ》裟《さ》に褒《ほ》め始めた。

「みんな、楽しそうだ」

その光景を見て、改めてダイブっていいなと頷《うなず》く。

そう、俺はこれを皆に味わって欲しいのだ。

――楽しいは正義。

そう思ったあと、俺は皆のもとへ走った。

# 第13話　イベント真っ只中《ただなか》です。

『ギュワワワワーーーーーーーーッ！！！』

俺《おれ》と矢鱈《やたら》さんたちは、一斉《いっせい》にマンドラの実の叫《さけ》び声に反応した。

「反応来ました！　あっちみたいです！」

平子《ひらこ》Dがフロアの奥《おく》を指さす。

「皆《みな》、共鳴針《きょうめいしん》を持って！　走ります！」

GK《ゲートキーパー》の居ない扉《とびら》を抜《ぬ》け、下へ続く階段を駆《か》け下りる。

皆の足音が、薄暗《うすぐら》い階段に響《ひび》いた。

「てっ！」

危ない危ない、危《あや》うく自分が配置したスケルトンの骨で転ぶところだった。

……階段周りは後で片付けとくか。

迷宮《めいきゅう》フロアの六階へ入ると、湿《しめ》った空気が、ひんやりとしたものに変わる。

通路には、小部屋が並んでおり、共鳴針を見ながら小走りで進む。

「ちょ、ちょっと早くない？」

背後から絵鳩《えばと》の息を切らせた声が聞こえた。

「自分たちで絵鳩ちゃん見てますから、先にどうぞ」

平子Ｂが良いところを見せようとする。

「ジョーンくん、多分、実を潰《つぶ》した班にもベテランがいるから、大丈夫《だいじょうぶ》じゃない？」

確かに、矢鱈さんが言うように今回の参加者にはベテラン勢が多い。

俺よりも装備が充実《じゅうじつ》した人もいるし……。

「じゃあ、ちょっと休みましょう」

平子Ｂが残念そうに「そうですね」と答えると、平子Ｃはニヤニヤしながらその肩《かた》を叩《たた》いた。


「しかし、小部屋多いですねぇ……」

ウロウロしていた平子Ｂがおもむろに小部屋の扉を開けた。

「うわぁぁぁぁ！！！」

その瞬間《しゅんかん》、部屋の奥から無数の触手《しょくしゅ》が平子Ｂに巻き付き、中へと引きずり込《こ》む。

「平子さん！！」

「兄貴！」

平子Ｃ～Ｆが叫んだ。

咄嗟《とっさ》に俺たちも部屋へ飛び込む。

同時に、勝手に扉が派手な音を立てて閉まった！

——不味《まず》い！！

部屋に犇《ひし》めくは、おどろおどろしいモンスの群れ。
触手をうねらせ、その粘液《ねんえき》は糸を引き滴《したた》り落ち、無数の唸《うな》り声と、荒《あら》い息遣《いきづか》いが部屋中に響き、
暗闇《くらやみ》の中で舞曲《ぶきょく》が生まれる。

さあ、人の子よ、我らと踊《おど》れ——その生命、尽《つ》きるまで。

ようこそ、パニックルームへ。

パニックルームとは、稀《まれ》に遭遇《そうぐう》するモンスの異常発生である。
発生した部屋はモンスをすべて倒《たお》さない限り脱出《だっしゅつ》ができない。
比較《ひかく》的、下位種のモンスが多いのだが、いかんせん数が多い。
単独行動中に当たった場合はかなりヤバいことになるのだ。
しかし、全《すべ》て倒した時に得られるＤＰ《ダンジョン・ポイント》は大きい。

「パ、パニックルームだ！！」

俺は叫んだ！

矢鱈さんは野太刀《のだち》を抜いて構える。

平子C～Fが絵鳩を守るように扇状《おうぎじよう》に散開した。

「なにこれ、ヤバい」

さすがの絵鳩もただならぬ雰囲気《ふんいき》に怯《おび》えている。

まったく、よりによってイベント中に発生するなんて。

どうせなら、通常営業日に発生してくれれば良いのに……勿体無《もったいな》い。

「ジョーンくん、行くよ？」

矢鱈さんが蠢《うごめ》くモンスを見据《みす》えながら言った。

「はい！　俺は捕《つか》まってる平子さんを助けます！」

「了解《りようかい》！」

矢鱈さんは飛んだ。人がここまで飛べるのかというほど飛んだ。

「むんっ！」

振《ふ》り下ろした野太刀から噴水《ふんすい》のようにモンスの体液が飛び散る。

の、野太刀で？　この人は本当に凄《すご》い……。

俺も負けじと、ルシール＋99を握《にぎ》りしめて、触手のモンスへ殴《なぐ》りかかった。

「オラオラオラッ！！」

久しぶりだ、この熱く滾《たぎ》るような感覚。

「オラッ！　オラオラッ！」

粘液で保護された触手を物ともせずに潰していく。さすが俺のルシール＋99だ。

平子Bの拘束《こうそく》が解かれ、ドサッと床《ゆか》に落ちた。

「カバーを頼《たの》みます！」

寄って来るモンスを牽制《けんせい》しながら、俺は平子兄弟に声をかける。

素早《すばや》く平子CとDがカバーに入り、平子Bの救出に成功した。

平子Cが慣れた手付きで回復薬を飲ませ、一旦《いったん》B〜Dが後ろへ下がった。

「ジョーンくん、伏《ふ》せて！」

矢鱈さんの声に、俺は身を屈《かが》める。

「むんっ！」

モンスの群れ目掛《めが》け、矢鱈さんは横一線に野太刀を振った。

『ギョビィッ！！』

ギュウギュウに固まっていたモンスたちが一掃《いっそう》される。

さらに矢鱈さんは、まるで演舞《えんぶ》のように、次々とモンスを斬《き》り裂《さ》いていく。

おいおいおい、一体、どれだけの修羅場《しゅらば》をくぐればこんな事ができるんだよ……。

「これで大分減ったよね？」

「は、半端《はんぱ》ない……」

思わず矢鱈さんの持つ武器を見るが、やはり野太刀だ。

大半のモンスが矢鱈さんにより駆逐《くちく》され、ガラーンとした元の部屋に戻《もど》った。

残っているモンスを平子兄弟&絵鳩チームが片付ける。

「これで最後です」

平子Eがモーニングスターを振り下ろし、とどめを刺《さ》す。

ブチュッ！　鈍《にぶ》い音が響き、モンスが霧散《むさん》して消えた。

「ふぅ〜、お疲《つか》れ様です」

「お疲れ様でした、平子さん凄いですねぇ」

「いえいえ、みなさんに比べたら」と平子Eが答える。

「じゃあ、みんな、扉も開いたし先へ急ごう」

矢鱈さんが扉を開けて言った。

「あ、はい。じゃあ行きましょうか」

無事、パニックルームを抜けた俺達は元の通路へ戻った。

「しかし、絵鳩ちゃんカッコよかったよ〜」

「そうですか？」

平子兄弟に持ち上げられ、満更《まんざら》でもなさそうな絵鳩。

「ホントホント、様《さま》になってるっていうか、とても初めてだと思えないよ」

ったく、絵鳩が凄いんじゃない、刀が凄いんだってば。

共鳴針を確認《かくにん》しながら走る。

そして、俺達は針が示す七階までたどり着いた。

「ジョンジョン！」

紅小谷《べにこや》が俺達を見つけて声を上げた。

——交戦中だ！

真っ赤な刃《やいば》の黒い大鎌《おおかま》を巧《たく》みに操《あやつ》る紅小谷が、ロードの攻撃《こうげき》を弾《はじ》いている。

「デス・サイズ！　やっぱ格好いいなぁ～」

思わずレア武器の死の大鎌《デス・サイズ》に見惚《みと》れてぼーっとしてしまう。

「何やってんの？　バカなの？　これは分身だから、早く本体探しなさい！　このたわけっ！」

素早く攻撃を避《さ》けながら紅小谷が叫ぶ。

「あわわ、す、すみません！　わかりました！」

ロードの分身は紅小谷の班に任せて、俺達の班は本体を探しに走った。

しかし、どうやって分身を見極《みきわ》めたんだろう？

後で教えてもらおう。うん。

俺達はフロアの雑魚《ざこ》モンスを蹴散《けち》らし、片っ端《ぱし》から小部屋を開けていく。

別の班も合流し、そこら中でモンスと交戦する音が聞こえる。

横目で見ていても、ベテラン勢の強さには驚《おどろ》かされた。

うーん、これはかなりの手練とみた。

このイベントが成功すれば、また来てくれそうだぞ。


「ねぇ」

絵鳩が俺を呼び止める。

「どうした？」

「あれ、何？」

広間を指さした。まだ、あそこは探索《たんさく》していない。

「ジョーンくん、行ってみようよ」

矢鱈さんが好奇心《こうきしん》に目を輝《かがや》かせて言う。

「了解です、じゃあ皆、十分に警戒《けいかい》して少し遅《おく》れて後ろから来て下さい！」

こうすることで、トラップだった場合に最悪の事態を防ぐ事ができる。

初心者の絵鳩や、わざわざ参加して貰《もら》った平子兄弟に万が一があるといけない。


――円形状に広がる広間。

正面には赤い絨毯《じゅうたん》が敷《し》かれた横長の階段があった。

階段上の祭壇《さいだん》には、蝋燭《ろうそく》で囲まれた石棺《せっかん》が置かれている。

「やったねジョーンくん、やっぱ君はついてるよ」

「み、見つけた！」

俺は急いでマンドラの実を踏《ふ》み潰した。

『ギュワワワワーーーーーーーーーッ！！！』

「矢鱈さん、皆が来るまで倒しちゃ駄目《だめ》ですよ？」

「わかってるって、ジョーンくん、なんか紅小谷に似てきたね？」


ズズズ……。石棺の蓋《ふた》が動いた。


「矢鱈さん！　来ます！」

鋭《するど》い爪《つめ》の生えた青白い手が出て蓋を掴《つか》む。

そして、ババババットの大群が石棺の隙間《すきま》から一斉に飛び出した！

ババババットは空中で大きく旋回《せんかい》し、巨大《きょだい》な黒い塊《かたまり》から小さな群れへと分かれていく。

群れは、石棺の前に左から一体、また一体とロードの分身を形成して、数秒も経《た》たぬうちに、階段には四体の分身が並んだ。

「分身、四体です！」

「どうする？　分身だけでもやっちゃう？」

矢鱈さんは野太刀を肩に置き「じゃ、俺右二体ね」と、返事も待たずに走り出してしまった。

「ちょ！」

ああ、参ったな。俺じゃ二体も相手にできないよ……。

そこに遅れてきた平子兄弟と絵鳩、そして別の班も合流する。

おお！　ベテラン勢も来たか！　心強い！

「じゃあ、僕《ぼく》の班は左端《ひだりはし》のを。皆さんはその隣《となり》をお願いします！」

「おう、任せとけよ店長！」

強面《こわもて》のベテランダイバーが、獣神《じゅうしん》の斧《おの》を担《かつ》いで威勢《いせい》よく答えた。

うひょー、すげぇ斧。あれもかなりのレア物だ。

「よし、行こう！」

俺は平子兄弟と絵鳩に合図し、広間の左端へ走る。

「俺達が隙《すき》を作る！　絵鳩はそれまで後方で警戒！」

「平子さんたちは、湧《わ》いてくるバババットとサポートをお願いします！」

早口で指示を出し、俺は道具袋《ぶくろ》から『バブルボム』を取り出す。

バブルボムは強粘着性《ねんちゃくせい》の泡《あわ》で相手の動きを鈍らせる効果があるのだ。

これを利用して、ヴァンパイア系などのモンスターがバババットなどに変化して逃《に》げるのを防ぐ。

たとえ分身でも、ロード相手に何処《どこ》まで効果があるかはわからないが……。

「えいっ！」

「たぁっ！」

絵鳩は空気を読まずに刀を振っている。

五月雨珠近《さみだれじゆこん》の波動が刃となって、ロードの身体《からだ》にダメージを与《あた》えていた。

ちょw　おいおい、待てって言っただろ？

……ま、まあ、結果オーライだけど。


よし、今だ‼

俺は五月雨珠近の波動に怯《ひる》んだ分身にバブルボムを投げつける。

見事命中し、その瞬間分身をピンク色の泡が覆《おお》い隠《かく》した。

『ぐぬぅ……、おのれ虫けら共が……』

泡が纏《まと》わりつき、分身がもがいている。

「いまだーーーーーっ！！」

俺たちは一斉にロードに襲《おそ》いかかった。

その瞬間、分身のロードたちが一斉に黒い霧《きり》となり、石棺の中に吸い込まれていく！

「な、なんだぁ？」

「なに？」

「集まってるぞ！！」

別の班のダイバーたちも次々に声を上げた。

その時、複数の足音が響く。

「来るわよ、みんなぁーーーーーーっ！！」

叫びながら走ってきた紅小谷班が合流、これですべてのダイバーが揃《そろ》った。

――ゴゴゴゴ……。

広間全体が揺《ゆ》れている。

そして、石棺が見る見るうちに、金色の輝く棺《ひつぎ》へと変化していった。

「す、すごい……」

絵鳩が感嘆《かんたん》の声を漏《も》らす。

地鳴りが収まり、広間を張り詰《つ》めた空気が支配する。

――声が聞こえた。

脳内に入り込み、直接語りかけてくる様な声が。

『Sunt intuneric. Este singurul intuneric care straluceste lumina.』

（我は闇《やみ》、光を照らす唯一《ゆいいつ》の闇なり）

金色の棺が吹《ふ》き飛び、ヴァンパイア・ロードがついにその本体を現した。

# 第14話　イベント、お疲《つか》れ様でした。

『Haaa……私は闇《やみ》を選んだ……貴様たちはどうだ？』

僅《わず》かに笑《え》みを浮《う》かべたヴァンパイア・ロードは、漆黒《しっこく》のマントを投げ捨てた。

地に落ちたマントは、無数の影狼《かげろう》となって散開し、ダイバー達《たち》を急襲《きゅうしゅう》する！

かなりの数のダイバーが、一気に影狼との交戦に入った。

「ジョンジョン！　行くわよ！」

紅小谷《べにこや》が、死の大鎌《デス・サイズ》を回転させて言う。

「はい！　平子《ひらこ》さんたち、絵鳩《えばと》を頼《たの》みます！」

「「「「了解《りょうかい》！」」」」

俺《おれ》は班を離《はな》れ、紅小谷と合流しロードに向かって走る。

「いい？　美味《おい》しいとこは他のダイバーに渡《わた》すのよ？」

紅小谷は走りながらそう言って、影狼を次々と切り裂《さ》いていく。

やっぱり、この人も只者《ただもの》じゃない。俺とは場数が違《ちが》う。

「ウォオオオ！！」

俺も負けじと影狼を殴《なぐ》り倒《たお》す。

『愚《おろ》かな者どもよ……』

ロードがそう呟《つぶや》き、広間へ舞《ま》い降りた。

その時、右手から疾風《しっぷう》の如《ごと》く斬《き》りかかる矢鱈《やたら》さんの姿が見えた。

まさに、一陣《いちじん》の風。凄《すさ》まじい金属音が鳴り響《ひび》く。

ロードは黒く輝《かがや》く剣《けん》で、矢鱈さんの斬撃《ざんげき》を止めた。

「な、なんて速さだ……」

あ、あの人は、全然本気を出して無かったのか？

「ったくあのバカ！　あれほど言ったのに……」

紅小谷が悪態をつく。

矢鱈さんはそのままロードの身体《からだ》を足場にして宙返りをした。

そして、着地と同時にもう一度、居合のような抜刀《ばっとう》でロードを斬る。

ロードの左手が床《ゆか》に鈍《にぶ》い音を立てて転がった。

『ぬ……き、貴様ぁぁぁぁあああああ！！！』

獣《けもの》の様な唸《うな》り声と共に、その黒い断面が捻《ねじ》れていく。


「紅小谷、後は頼んだよ」

矢鱈さんはそう言って、ロードから離れ他のダイバーの加勢に向かった。

「言われなくても、やるわよ！」

紅小谷はロードに斬りかかりながら「ジョンジョン！　強そうなダイバーをこっちへ廻《まわ》して！」

と叫《さけ》んだ。

「はい！」

俺は、近場のベテラン勢に喰《く》らいつく影狼たちを殴って回った。

「頼みます！」

「ありがとうございます！」

「へへ、店長悪いなぁ！」

二刀流で細身の女性ダイバーと、さっきの獣神《じゅうしん》の斧《おの》を持った強面《こわもて》の人だ。

他には三叉槍《さんさそう》を持った動きの良いダイバーも向かう。

うん、あの人たちならいけそうだ！

影狼の相手をしながら辺りの様子を確認《かくにん》する。

平子兄弟と絵鳩は、上手《うま》く陣形《じんけい》を取って戦っていた。

「なかなかやるな」

絵鳩は、五月雨珠近《さみだれじゅこん》の波動が、影狼に効かないので苦戦しているようだったが、それを平子兄弟が上手くサポートしていた。


『ガァァァッァァァァア！！！！』

凄まじい叫び声が広間に響く。

見ると、強面のダイバーが一撃を食らわせたようだった。

――やったのか⁉

ダイバー達が、皆《みな》ロードに注目する。
ロードの身体は肩《かた》からパックリと裂け、誰《だれ》もが勝利を確信した。
が、しかし……。
『我は見たり深淵《しんえん》の狭間《はざま》……久遠《くおん》に臥《ふ》したるもの……なく』
ロードの身体は痙攣《けいれん》を始め、何かを呟き始める。
顔色を変えた強面のダイバーが慌《あわ》てて声を荒《あら》らげた。
「不味《まず》い！　殺《や》りきれなかったか！！　すまん、アレが来るぞーーーー！」
咄嗟《とっさ》に、紅小谷が他のダイバー達《たち》に向かって叫ぶ。
「皆、離れてーーーーーーっ！！」
やべっ！　自爆《じばく》だ！
ロードが天に向かって叫んだ！！
『世界の闇《イマージュ・デュ・モンド》』

――実家正面の空き地。

「いやぁ〜、ロード強かったっすねぇ〜」

「でも、凄《すご》かったですよ、あの一撃は」

「……あの分身にさぁ」

「これ、美味しいよねー」

「私、影狼倒しましたよ」

「あ、俺も俺も！」

「ほら……あの階でさ……」

モクモクと煙《けむり》が上がり、香《こう》ばしい匂《にお》いが漂《ただよ》う。

各班ごとにＢＢＱを囲み、皆楽しそうに笑顔《えがお》で話している。


——そう、結果的にロードは倒せなかった。

あと少しで倒せていたのだが、運悪く瀕死《ひんし》状態にしてしまったのだ。

ロードは瀕死状態でのみ使う『世界の闇』という自爆技《わざ》があるのだが、今回は、見事それを喰らってしまった……というわけだ。


勿論《もちろん》、ＤＰ《ダンジョン・ポイント》ペナルティは発生する。

普通《ふつう》なら怒《おこ》る人もいるのだが、今回参加してくれたダイバー達は、全然かまわないと納得《なっとく》してくれた。

それに、ダイバー同士の交流も深まったようで、連絡先《れんらく》を交換《こうかん》したり、ダンジョン談議に花を咲《さ》かせている。

俺も次のイベントの予定を聞かれたりして、ロード討伐《とうばつ》には失敗したものの、イベントは成功したと言ってもいいだろう。


そして、言い忘れていたが全員——水着である。

ダンジョンから戻《もど》った時、全員が黒い粘液《ねんえき》まみれだった。

多分、ロードが砕《くだ》け散った時のものだと思う。

女性陣《じょせいじん》の絶叫《ぜっきょう》が響き、その状況《じょうきょう》を見た平子Bが機転を利《き》かせて、店から水着を持ってきてくれた。

なんというファインプレー。

それから全員で近くの川へ行き、粘液を落とすべく水浴びをしたのだ。

しかも、水着代は、平子Bが処分品なので構わないと言ってくれた。

抱《だ》きしめたいっ！

なので以前、水着回など無いと言った事は、どうか忘れて欲しい。


「ジョーンくん、お疲れふぁま！」

矢鱈さんが肉串《にくぐし》に噛《か》みつきながら言った。

「あ、お疲れ様です！　いやぁ、矢鱈さんの強さは異常ですよ！　もう、びっくりしちゃって」

「ふぉんなことないよ」

と、そこに、ビールを片手に持ち、ワンピースタイプの水着を着た紅小谷がやって来た。

「ジョンジョン、ご苦労さま。良く頑張《がんば》ってたわよ、ちょっと見直したわ」

「ああ、お疲れ様です！　いやぁ、本当にありがとうございました！　全部、紅小谷さんのお陰《かげ》です」

俺は姿勢を正して頭を下げた。

「ったく、紅小谷でいいわよ、紅小谷で。年変わんないでしょ？」

「え？」

どう見ても、年下に見えるが。

でも、ビール飲んでるって事は……。

ほんのり顔を赤くした紅小谷が面倒《めんどう》そうに「二十三よ」と言った。

「え？　マジで同い年⁉」

矢鱈さんがそれを見て「ははは、紅小谷は妹に見えるけどな」と笑う。

「うるさいわねっ！」

声を荒らげながらも、紅小谷は一緒《いつしよ》になって笑っていた。

「あの」

振《ふ》り返ると、平子兄弟に囲まれた絵鳩が、薄《うす》い水色のビキニ姿で立っていた。

ったく、ガキが色気付きやがって。

「お疲れさん！　どうだった、初ダンジョンは？」

「よき」

「は？」

「良かったって言ってんのよ！」

紅小谷が口を挟《はさ》む。

「あ、ああ～。それは良かった良かった」

笑っていると、平子Bが「ジョーンさん、今日はありがとうございました」と頭を下げた。

「いやいや、ジョーンでいいですよジョーンで。こちらこそ水着、助かりました」

そう言って、平子兄弟全員と握手《あくしゅ》を交《か》わす。

「ジョンジョンでいいじゃない」

横から紅小谷が言うと、平子Bは少し照れくさそうにして「いや、それは流石《さすが》に……、じゃあ、ジョーンくんで」と眼鏡を指で直した。

「全然オッケーですよ。それより、皆さんかなりダンジョンに慣れてますよね？　結構潜《もぐ》られてるんですか？」

「まだ店を手伝って無い時に、良く兄弟で潜ってたんですよ」

「あー、どおりで。やっぱ連携《れんけい》とか、バッチリ決まってましたから」

俺は敵を攻撃《こうげき》する素振《そぶ》りを見せる。

「ははは、久しぶりだったんで緊張《きんちょう》しました。それよりも、矢鱈さんは流石としか言いようがなかったですねー」

平子Bが感心したように頷《うなず》いた。

それを聞いた紅小谷が、野菜串を矢鱈さんに向けて「あいつの事は考えない方がいいわよ。普通じゃないから」と言う。

「ひどいな紅小谷。普通だよ、普通」

矢鱈さんが笑って反論するが、当然、俺を含《ふく》め誰も賛同する者はいない。

「撮《と》る」

「「「え？・」」」

皆が一斉《いっせい》に振り向くと、絵鳩のスマホがパシャッと鳴った。

「おｋ」

絵鳩はスマホをチェックしている。

「お、おｋじゃねぇー！　お前はいっつも唐突《とうとつ》すぎんだよ！」

あ、いけね。そのまま口に出してしまった。

怖《こわ》がらせちゃったかな……？

「キモ〜いっ」

「こ、この、クソＪＫがぁ〜〜〜！！」

絵鳩は矢鱈さんの背中に隠《かく》れてニヤけている。

「ま、まあまあ。あ、ほら！　花火！」

と、矢鱈さんが指をさす。

見ると、食べ終わったグループが花火を始めていた。

「私もいく」と絵鳩。

「「「「俺達も」」」」

絵鳩を追い掛《か》けるように平子兄弟が走っていく。

「ジョンジョン行かないの？」と紅小谷。

「あ、そうだ！　気になってたんだけど、ロードの分身の見分け方ってどうやるの？」

「ああ、そんなもん決まってるわ。ダンジョン愛よ、ダンジョン愛！」

そう言い残して、紅小谷は花火の方へ走って行った。

矢鱈さんが紅小谷の言葉に仕方ない奴《やつ》だなと笑う。

「くくく。じゃあジョーンくん、僕《ぼく》らもいかない？」

「あ、じゃあ、先に行ってて下さい、すぐに行きますから」

「そう？　じゃあ先に行くよ？」

不思議そうな顔をしたあと、肉串をもう一本手に取って、花火の方へ歩いていく。

矢鱈さんの後ろ姿を見ながら、俺はすぐそこに見える、あの光景を目に焼き付けておきたい、そう思った。

昨日まで知らなかった、他人同士だった人達が、あんなにも仲良さそうに笑っている。

しかも、俺のダンジョンを通じて。
青春バカみたいだけど、何だこれ、めちゃくちゃ嬉《うれ》しい！
「よーーしっ！　やる気が湧《わ》いてきたぞーー！！」
俺はさらなる高みを目指すことを決意した。
俺は花火を横目にゴミ袋《ぶくろ》を広げ、先に簡単な物だけ後片付けを始める。
火薬のにおいと皆の笑い声が心地《ここち》よい。
「へへ……」
ふと、笑いがこぼれた。
無事イベントも成功して、常連さんも増えそうな手応《てごた》えがあった。
次はどんなイベントをやろうかなぁ。
残った肉串を咥《くわ》え、空を見上げると綺麗《きれい》な満月が輝いていた。

**所持DP**・・・・・・・・・・・181602
**BBQなど**・・・・・・・・・△25000
**モンス15体**・・800（ジョーンが倒したモンスのみ）
**参加費32人**・・・96000（平子兄弟と自分除く）
**ペナルティ**・・・・・・・・△36320
**計**・・・・・・・・・・・・・**217082**

# 第15話　池ができました。

――イベントから一週間が過ぎた。

□　税務署に行き、開業届と青色申告承認申請書《しょうにんしんせいしょ》を提出
□　陽子さんに頼《たの》まれた買い物
□　タオルの用意
□　簡易更衣室《こういしつ》の準備
□　石鹸《せっけん》作り

先に言っておく。

今日の俺《おれ》は、このシンプルにターゲティングされたＴＯＤＯに従う。

太陽が日毎《ひごと》に近づいて来ている気がする。この強烈《きょうれつ》な日差しは危険だ。

麦わら帽子《ぼうし》をかぶっていなければ、太陽に殺されていた。

そんな中、今日俺は世の中で一番嫌《きら》われている場所、税務署に来ている。

確定申告の関係で、先に開業届を出しておく必要があるのだが、ダンジョンの方にばっかり気を

取られ、細かいことを失念していたのだ。

ちなみに、俺の場合は、法人ではなく個人事業主《フリーランス》。

爺《じい》ちゃんの会社名義でも良かったのだが、やはり俺も一国一城の主《あるじ》としてやるからには、全《すべ》てに責任を持ちたい、そう考えての決断。

開業届を出すのは驚《おどろ》くほど簡単で、名前や住所、開業する業種などを用紙に記入して提出するだけ。郵送でも受け付けてくれる。

今回、俺は開業届を出すついでに、所得税の青色申告承認申請書も出しておいた。白色でも良かったのだが、今後を考えて控除額《こうじょがく》が多い青色にした。複式簿記《ぼき》が義務付けられるが、今はクラウドソフトで帳簿《ちょうぼ》も確定申告も簡単に行うことが出来るのだ。ＩＴって素晴《すば》らしい！

俺は手続きを終えて、陽子さんに頼まれた買い物を済ませたあと、家に戻《もど》った。

冷蔵庫に野菜や肉を入れ、麦茶を持ってダンジョンへ向かう。

実は今日、ダンジョンはある理由で臨時休業にした。

なんと、我がダンジョンの十三階に池ができたのだ。

発見したのはイベント後から、来てくれるようになった豪田《ごうだ》さん。

獣神《じゅうしん》の斧《おの》を持ったダイバーと言えばわかるかも知れない。

そして何故《なぜ》、池如《ごと》きで店休？　そう思った事だろう。

よかろう。そろそろ、俺の壮大《そうだい》な計画を話さねばならない時が来た！

――夏。

そう、この夏！　東京の最高気温は過去最高を更新《こうしん》し40度を超《こ》えたそうだ。恐《おそ》ろしい！

ここ四国も例外ではない。連日の猛暑《もうしょ》が続き、海やプールは満員である。

まさに需要《じゅよう》と供給。今や公園の噴水《ふんすい》にまで子供が群がる始末。

皆《みな》、水場を求めてさまよっているのだ。

そして、この絶妙《ぜつみょう》なタイミングでの『池』出現。

これは神が微笑《ほほえ》んでいるとしか思えない。

もしかして、俺の事を好きなんじゃないだろうか？

おっと、それより『計画』の話だ。

突然《とつぜん》出現した池を営業終わりに確認すると、かなり透明度《とうめいど》が高く、水棲《すいせい》モンスの姿も見えなかった。十三階は、比較的《ひかくてき》生息モンスも弱いし、何より池の周りは見渡《みわた》しが良く、襲《おそ》ってきても数さえ多くなければ、十分に対処が可能だろう。

ということは、ゆっくり泳いだり、水浴びができるということを意味する。

これは宣伝するしかないいっと思った。

が、気付く……まず、タオルがない。そして、池の横に簡易更衣室も必要だと。

タオルは、馴染《なじ》みのホームセンター島中《シマナカ》で安いものを大量に買い、簡易更衣室は、池の側《そば》の木に大きな布をくくりつけて目隠《めかく》しにした。念の為《ため》、使用中がわかるような札もかけておく。

もう、このまま開店しても水場を求めたダイバー達《たち》が押《お》し寄せるはずだ。

しかし、俺の脳内そろばんは、カチャカチャとさらに演算を続ける。

――石鹸を売ろう！


麦茶をグラスに注いで、一気に飲んだ。

美味《うま》い！　やはり夏は麦茶に限る。

来店数が増えるのは嬉《うれ》しいのだが、そこに向けて、もう一商売。

これが俺の計画だ。

さて、そろそろ石鹸の量産態勢に入らねばなるまい。

言っておくが、ただの石鹸ではない、そんな物なら、島中で買えばいい。

ここでしか買えないもの……ククク。

ダンジョンの中にあるものだけを使って作る、名付けて『ダンジョン石鹸』だ！

タイプはオーソドックスなプレーン、さっぱりタイプ、しっとりモイスチャーの三種類。

価格は一個200DP《ダンジョン・ポイント》で提供する。


では早速《さっそく》生産を始めよう。

まずは、材料集めだ。二階に下りて、トレントやドリアードが落とした葉や枝を集める。

それを一階へ運び、用意しておいた焼却《しょうきゃく》用の缶《かん》に入れて燃やしていく。

「うぅ……熱い……」

汗《あせ》だくになりながら、出来た灰をバケツに半分ほど入れる。

これを五杯《はい》分用意できたら、水を入れてかき混ぜておく。

「ふぅ」

これで少し待つのだが、その間に一旦《いったん》、実家に戻っておにぎりを食べる。具は鮭《さけ》。

居間で休憩《きゅうけい》したあと、冷蔵庫から卵を一個拝借して、バケツの様子を窺《うかが》いに戻った。

バケツの水は灰と綺麗《きれい》に分離《ぶんり》している。

この『灰汁《あく》』(アルカリ水溶液《すいようえき》)が石鹸作りの材料になるのだ。

この水溶液の濃度《のうど》を調べるために卵を使う。

俺は実家から拝借した卵をバケツに入れる。すると卵が浮《う》いた。

こうすることで濃度が十分だという事がわかるのだ。

今度は、灰汁を別の容器に移し替《か》える。

その際に、フィルターとしてガーゼを当てて、細かなゴミを取り除く。

綺麗になった灰汁は、後で使うので一旦横へ。

さて、次は『油』を用意しなくてはならない。

プレーンタイプは、ケローネ油とミセルというモンスから出る油を60：40で混ぜ合わせた油を使う。さっぱりタイプは、その割合を50：50に。モイスチャー感を出したいしっとりタイプは、これにガジュラの実から絞《しぼ》ったエキスを加えるのだ。

ちなみにケローネ油の香《こう》ばしい匂《にお》いはミセルの油が中和してくれるので大丈夫《だいじょうぶ》。

「これでよし」

それぞれ作った油を、分量に注意しながら慎重《しんちょう》に灰汁と混ぜ合わせていく。

すると「鹸化《けんか》」という化学反応が起こり、石鹸ができるのだ。

今回、小さな型に入れるのは面倒《めんどう》なので、大きな容器に作り、出来上がりを切る事にした。

石鹸が固まるまで時間があるので、デバイスから『水浴び、はじめました』という告知を行う。

池の写真とタオルや簡易更衣室の案内を添《そ》えてサイトにアップした。

「ふぅ～……」

後は、明日、固まった石鹸を切り分けて、水場に飢《う》えたダイバーたちを待つのみである。


――翌日。

朝、ダンジョンへ行き、開店準備を終わらせて、石鹸の様子を見る。

うん、綺麗に固まっている。ほんのりとガジュラの涼《すず》し気な香《かお》りが漂《ただよ》う。うん、いい感じ。

ナイフで豆腐《とうふ》を切るように、一個ずつ均等な大きさに切り分けていく。

木のカゴに、プレーン、さっぱり、しっとり、と手書きで書いたＰＯＰを貼《は》って、種類ごとにカゴに盛ってカウンター岩へ置く。かなりインパクトがあって良い。

そうこうしているうちに、早速「暑いぃ～～」と唸《うな》りながらダイバーがやって来た。

「おはようございます」

「どうも店長、今日もヤバいぐらい暑いね」

強面《こわもて》のダイバー、豪田さんだ。

「そうですね～、どうです？　水浴びしません？」

「あー、サイト見た。うん、そのつもりで、はは」

と、笑いながらカウンター岩に置いたカゴに目をやる。

「お、石鹸？」

「そうなんです、三種類あって、どれも自信作ですよ」

なぜ、石鹸なのか？　それは俺自身、ダイバーだったからわかる事。

モンスと戦うのは、思った以上に疲《つか》れるし汚《よご》れるのだ。

そう！　ベタベタしながら戦うのはもう古い！

水浴び＋石鹸は最強の図式！！

しかもダンジョン内の材料しか使用していないので、泡《あわ》も時間が経《た》てば勝手に消える！

エコ！　めっちゃエコ！

豪田さんは興味深そうに石鹸を見る。

「じゃあ、さっぱりを一つ貰《もら》うよ、それとタオルも」

「あ、はい！　ありがとうございます、タオルは無料ですので帰りに返却《へんきゃく》して下さい」

「あいよ、じゃあ行ってくるわ」

「はーい、いってらっしゃいませ」

俺は笑顔《えがお》で頭を下げる。

よしよし、出だしは順調。この調子だぞ～。


――結果、大盛況《だいせいきょう》である。

わらわらとダイバーたちが、吸い込《こ》まれるようにダンジョンへ入っていく。

石鹸も飛ぶように売れ、しっとりタイプは残り五個になってしまった。

「こりゃあ、明日の分も作らないとな……」

俺がほくそ笑んでいると、豪田さんが奥《おく》から走って来た。

「店長！　大変だ！　この石鹸ヤベえ！」

息を切らせながら、豪田さんが言う。

「ちょ、落ち着いて下さい。何があったんです？」

「あ、あの石鹸、モンスが寄ってくる！」

「え⁉」

ちょ、どういう事？　寄ってくるって……。

慌《あわ》ててデバイスで池を見る。すると泡まみれのダイバーたちが、モンスに追いかけられていた。

「な、どうして……」

「石鹸にモンスがおびき寄せられてるみたいだ」

「そんな……」

「とにかく店長、モンスは俺が何とかすっから、今から来るダイバーには売らないでくれよ！」

早口に言いながら、豪田さんはダンジョンへ走って行った。

「わ、わかりました！　豪田さんすみません、僕《ぼく》も直《す》ぐに向かいます！」

走る背中に叫《さけ》んで、直ぐに対応の用意を始める。

俺は入り口に『しばらくお待ち下さい』の張り紙をして、デバイスを操作し、自分のルシール＋99を取り出した。

メンテモードにはしない。十三階なら、そんなに強いモンスもいないし、豪田さんもいる。

来ているダイバーたちも、ベテランが殆《ほとん》ど。

大袈裟《おおげさ》にメンテモードなんかにしたら、それこそ笑いものである。

ルシール＋99を握《にぎ》りしめて、俺は走った。

一気にダンジョンを駆《か》け抜《ぬ》けて、自分でも驚くほど早く十三階に着いた。

「おう店長！　こっちは片付いたぜ！」

早く着いたつもりだったが、すでにモンスの群れを倒《たお》したダイバーたちは池で泡を落としていた。

俺は皆に向かって頭を下げる。

「みなさん、すみません。まさか、あんな効果があるとは。あの……石鹸のお代は大丈夫なので」

「まあ、考え方を変えればよ、あれでモンスを呼べるんだもんな？　結構使い道あるぜ、なあ？」

豪田さんが皆に問いかけた。

池から上がった若いダイバーが「そうだな、ＤＰ稼《かせ》ぎたい時はいいかも」と言うと、他のダイバーたちからも「パーティ組んでれば、対処できるし」などと肯定的《こうてい》な意見が聞こえてくる。

「まあ、店長！　ここにいる連中は、そんなヤワな奴《やつ》はいねぇから安心しな！　がははは！」

豪田さんが神様に見えた。

「ありがとうございます！　本当にすみません」

「じゃあさ、店長、ここにいる連中は石鹸半額ってのはどうだ？」

豪田さんが腕組《うでぐ》みをしながら言った。

「え、そんな！　お代はいいですよ！」

「ダメダメ、そんなんじゃ俺らと上手《うま》くやってけねぇぞ？　半分は出すって言ってんだから」

まるで親分のような豪田さんの言葉。

すると、皆が示し合わせたように「へへへ」と微笑《ほほえ》みを浮かべる。

すごい！　始まりの村のイベントみたい！

「あ、ありがとうございます！　じゃあ、お言葉に甘《あま》えて……」

バンバンと俺の肩《かた》を叩《たた》きながら豪田さんは「ははは、決まりだな。じゃあ後は店長もう大丈夫だ、ありがとな！」と笑う。

「いえ、じゃあ皆さん、ごゆっくり楽しんでください」

最後にもう一度頭を下げて、俺は一階へ戻った。

なんて気持ちの良い人たちなんだろう。

俺はしみじみと思いながらカゴに残った石鹸に目を向けた。

「……」

我ながらとんでもない物を作ってしまった。

モンス寄せ石鹸かぁ……。

後日、この石鹸は我がダンジョンの定番商品となるのだが、この時の俺は——まだ知らない。

**所持DP**……………217082
**来客20人**…………10000
**タオル**……………△3000
**石鹸半額16個**……1600
**計**…………………225682

# 第16話　負けられぬ戦いがあります。

「今年も、もうグッドダンジョン賞か、早いな」

俺《おれ》はスマホで発表を見る。

今日は、年に一度、その年で一番支持されたダンジョンが発表される日。


一位は、前年TOPを見事抑《おさ》えた沖縄石垣島《いしがきじま》の『なんくるダンジョン』だ。

ここは観光地ブームと相まって、かなりの盛り上がりを見せていた。

TV取材も多く入り、バラエティ番組やニュースでも見る機会が多く、納得《なっとく》の結果である。

しかも、ここのスタッフは皆《みな》アイドル級に可愛《かわい》い。反則だ。


二位は、ご存じダンクロが誇《ほこ》る旗艦《きかん》ダンジョン、東京の『アンダーグラウンド』である。

歌舞伎町《かぶきちょう》から大久保に抜《ぬ》ける途中《とちゅう》にある、九龍城《クーロン》さながら、広大な地下廃墟《はいきょ》型ダンジョン。ロケーション、世界観、そして、モンスの種類、スタッフ、どれを取っても一流だ。

例年グッドダンジョン賞を取り続けていたが、今年はなんくるダンジョンに越《こ》された形となった。

俺としてはざまぁwである。

しかし、俺もいつかはグッドダンジョン賞に選ばれるようなダンジョンを……。

そんな妄想《もうそう》を思い浮《う》かべながら、朝食のうどんを食べてダンジョンへ向かった。

カウンター岩のホコリを刷毛《はけ》で払《はら》う。

他店調査も必要かなぁと考えていると、絵鳩《えばと》が顔を見せた。

「お、いらっしゃい」

「ん」

軽く顎《あご》を上げ、こなれた感じでＩＤを差し出す。

くっ、すっかり慣れやがって。

ちなみにフェザーメイルはまだ返して貰《もら》っていない。

何に使われるかわからない、キモいと言われてしまった。

そんなモヤモヤは一切《いっさい》顔に出さずに「良かったらタオル貸出あるけど？」と、俺はＩＤを返しながら訊《き》く。

「……覗《のぞ》くでしょ」

「は？」

こちとら、ガキの裸《はだか》なんぞ興味……ないこともないが、お前のは頼《たの》まれても見ないぞ！

絵鳩は冷めた目で俺を見た。

「いらない」

「ぐ……じゃあ武器はいつものね」

俺はデバイスから絵鳩の装備を渡《わた》す。

——白雲《しらくも》。

これは初心者用の刀では、かなりいい部類で、軽いうえに攻撃力《こうげきりょく》もそこそこ。矢鱈《やたら》さんに貰ったらしく、えらく気に入っている。（鞘《さや》に矢鱈さんのサイン入り）

「じゃ」

装備を終えた絵鳩が一人でダンジョンへ向かっていった。

何かと生意気な奴《やつ》だが、ダイバーとして今後の成長が楽しみではある。

「今日あたり、GK《ゲートキーパー》とご対面かな？」

俺はカウンター岩の清掃《せいそう》を終えると、後ろの棚《たな》に飾《かざ》ってある『ダンジョロイド』のホコリを一つずつ丁寧《ていねい》に払っていく。

ダンジョロイドは、ダンジョンに出現する人気モンスをフィギュアにした物だ。

ダイバーには相当な人気があり、定期的に出る限定モンスの販売日《はんばいび》には、転売屋が現れてニュースになったりする。まあ、それぐらい人気のフィギュアである。

俺のコレクションで一番ヤバいのは、笹塚《ささづか》ダンジョン時代にスタッフのコネでもらった、非売品の『ドリルパンダ』これはネットオークションに出せば、結構な高値がつく。

他にも『ラキモン』や『ケルベロス』『デュラハン』など人気どころを所有しているが、あくまで趣味《しゅみ》の範囲《はんい》で集めている。店の飾りにもなるしね。

ダンジョン石鹸《せっけん》をラップで包んでいると（一個100DP《ダンジョン・ポイント》に値下げした）矢鱈さんがやって来た。

「おっす、久しぶり」

ま、眩《まぶ》しい！　真っ白な歯がさらに白くなっている！

「どうも、お久しぶりです矢鱈さん！」

受付をしながら、俺が矢鱈さんの口元を気にしていると「ああ、これ？」と歯を見せた。

「雑誌の企画《きかく》でさぁ、ホワイトニングってのをしたんだよ」

「へぇー、真っ白ですね」

一体、何の企画なんだろうか……。

「あ！　あれ、もしかしてドリルパンダじゃない？」

後ろのダンジョロイドを指さして言った。

「そうなんですよ、カウンター岩周りが寂《さび》しいかなと思って、飾ってみたんです」

「それって、かなりレアだよねぇー」

「わかります？」

俺は少し優越《ゆうえつ》感に浸《ひた》りながら答える。

と、そこに絵鳩が戻《もど》ってきた。

「お、早いね？」

「絵鳩ちゃん来てたの？」

俺と矢鱈さんが同時に声をかける。

「なにそれ？」

ドリルパンダを見るや否や、おもちゃを見つけた猫《ねこ》のように目を丸くして、絵鳩はカウンター岩から覗《こ》き込む。

「ああ、これ？　ドリルパンダだよ」

「ドリルパンダ……よき」

やばい、この流れ。

まさか……。

「と、ところでダンジョンはどうだった？　いっぱい倒《たお》せたかな？　ははは」

俺は慌《あわ》てて話を逸《そ》らそうとするが「見せて」と絵鳩が手を差し出す。

「い、いやこれは……その……あ、そうだ石鹸使う？」

「……駄目《だめ》？」

手を引っ込め、今まで見せた事のないような悲しい表情を見せて、俺を追い込む。

「……ちょっとだけね、これかなりレア物だから」

棚からそっとドリルパンダを取って絵鳩に渡した。


「うわ、かわいい。ぐうかわ」

「で、でしょ？　はは、もういいかな？」

ヤバい、気に入ってる！

「それ、売ってないやつだからねぇ、あ、こうするとキーホルダーにもなるんだよ」

矢鱈さんが横から余計な事を教える。

「ほんとだ。ちょっと付けてみて良い？」

え……。俺でさえ付けたことないのに……。

「駄目？」

はい、キタコレ。絶対こいつ狙《ねら》ってるわー。

「どうぞ」

俺はもう為《な》す術《すべ》もなく、流れに身を任せた。

絵鳩は自分のバッグにドリルパンダをぶら下げて、ご満悦《まんえつ》である。

「へぇー、やっぱ女の子が持つと似合うねぇ」と矢鱈さん。

「どうだろうなぁー？　うーん、似合うかなぁー？」

俺は必死に抵抗《ていこう》を試みる。

「学校で自慢《じまん》したい」

バッグを肩《かた》にかけてポーズを取り始めた。

「ぐ……」

でたよ、何でも我が通ると思いやがってますわ。ＪＫってやつは。

「そ、そうだよねぇ、自慢したいよねぇ、あ、写真撮《と》ればいいんじゃない？」

絵鳩と俺の間で火花が散る。

「かわいいなー、いいなー」

ふいに絵鳩は、バッグを空に翳《かざ》すようにしながら外に出る。

段々《だんだん》と露骨《ろこつ》になってくるな……。くそっ負けるものか！

俺は、慌てて追いかけて「でしょー、すごい苦労して手に入れたんだよ、それ」と、絵鳩にカウンター岩へ戻るよう圧をかけた。


互《たが》いに一歩も譲《ゆず》らぬデスゲームが始まる。


「ジョーンさん、ダンジョンで忙《いそが》しいから付ける暇《ひま》ないんじゃないですかぁ？」

こいつ、初めて名前で呼んだな。

「いやいや、そんなことないよ。見て楽しめるしねぇ」

「私、小さい頃《ころ》からパンダ好きで有名だったんです」

そう言いながら、また平然と外に出ようとする絵鳩。

「あ、そうなの？　俺もパンダ好きで東京居た頃は良く上野動物園に通ってたなぁ〜」

誰《だれ》が通すものかと笑顔《えがお》で道をふさぐ。

「へぇ、でも私は実物よりこういうフィギュアとか、ぬいぐるみの方が好きです」

今度は矢鱈さんの方へ近づいていく。

「はは、そういえば、ホームセンター島中《シマナカ》でぬいぐるみ売ってたよ？」

俺も矢鱈さんの横に回り込むと、絵鳩は俺に背を向ける。

「あー、これバッグの青によく似合うなぁ。どうですか矢鱈さん？」

いつの間にか二人に挟《はさ》まれてしまった矢鱈さんは、苦笑いを浮かべて「あ、う、うん。そうだね、良く似合ってるね」と答えた。

すかさず俺は「まあ、パンダは緑かなぁー、笹《ささ》も緑だし」と横槍《よこやり》を入れる。

絵鳩がキッと睨《にら》んで「学校でダンジョロイド持ってないの私だけなんです」と返す。

「そりゃ可哀想《かわいそう》だねー、あ、こっちのゴブリンあげようか？」

俺はそう言って、カウンター岩にゴブリンのダンジョロイドを置く。

「あ、これ男の子に人気ですよねぇー、すごーい。男子なら喜ぶだろうなー」

ぐ……手強《てごわ》い。だが、可愛いだけで世の中渡れると思うなよ！

しばらく沈黙《ちんもく》が流れる。

「じゃあ、これ……返します」

絵鳩は、ゆっくりとドリルパンダを外そうとする。

途中、こちらをチラチラと窺《うかが》っているのがわかった。

「はい……」

渋々《しぶしぶ》、絵鳩がドリルパンダをカウンター岩に置いた。


――勝った。

すかさず、ドリルパンダを棚に戻す。ふー、あっぶねー。

「じゃ帰ります」

絵鳩は俯《うつむ》いて、鼻をすする。

おいおいおいおいおい、嘘《うそ》だろ？　嘘だと言ってくれ！

「どうしたの？　絵鳩ちゃん？」

矢鱈さんが声をかける。

矢鱈さん！！　ヤメてぇーー！！　らめーーーーっ！！

その子、伝家の宝刀を抜く気ですからーーー！

「いえ、大丈夫《だいじょうぶ》です」

顔を上げて、わざとらしく微笑《ほほえ》む。

その目には涙《なみだ》が溜《た》まっていた。


――終《ワンターン・キル》わった。


「ちょ、絵鳩ちゃん？」

矢鱈さんが覗き込むようにして言った。

絵鳩は無言で、涙を拭《ぬぐ》いながら頭を振《ふ》った。

こ、こいつ、容赦《ようしゃ》ねぇ！　こっちが泣きたくなるわ！

あー、ドリルパンダとも今日でお別れか……。

そう思って肩を落とす、すると矢鱈さんが棚に戻したドリルパンダを手に取った。

「え？　や、矢鱈さん？」

矢鱈さんはまああと白い歯を見せて笑う。

そして、絵鳩の横に行き「そんなにドリルパンダ好きなの？　これね、本当にレアなんだ。実物を見られただけでも凄《すご》いよ？　あ、写真撮《と》ろっか？」

ドリルパンダを見つめる絵鳩に促《うなが》す。

絵鳩がバッグからスマホを取り出すと、矢鱈さんが代わりに写真を撮った。

「ほら行くよー、はい3、2、1」

パシャっという音。

画面には俺と矢鱈さん、絵鳩にドリルパンダ。

「ほらよく撮れてるよ、よかったね絵鳩ちゃん」

絵鳩は頷《うなず》いたものの気まずくなったのか、そのまま走って帰ってしまった。


ううむ、よくわからん。

ともかく、これで一安心だ。

俺はカウンター岩に倒れこみ「矢鱈さん、ありがとうございます。もう、駄目かと思いました」

と、苦笑いを浮かべた。

「いいよいいよ、まあ思春期ってやつかな」

矢鱈さんはそう言うと、あ、と声を上げる。

「そうだ、ジョーンくん。グッドダンジョン賞見た？」

俺は身体《からだ》を起こして「見ましたよ、僕《ぼく》としてはアングラが落ちたのが嬉《うれ》しかったです」と答えた。

「ははは、そっかそっか」

「何かあったんですか？」

「いや、これジョーンくんにあげようと思ってさ。はい」

矢鱈さんは目の前にシーサーのダンジョロイドを置いた。


「こ、これ！　なんくるダンジョンの！！」

「そうそう、グッドダンジョン賞の関係者に配られるやつ」

こ、これは超《ちょう》レアな上に、相当な業界人じゃなきゃ手に入らないぞ⁉

「こ、これ、僕に⁉」

恐《おそ》る恐る、シーサーを手に取る。

「うん、まあドリルパンダには勝てないかもだけど」

矢鱈さんはそう言って白い歯を見せた。

「いやいやいや、本当に良いんですか！！」

「うん、そのつもりで持ってきたし、もう一個持ってるから」

カッコ良すぎる！　俺が女なら（以下略）！

「ありがとうございます！　大事に飾らせて頂きます！」

拝むようにシーサーを矢鱈さんに向けて掲《かか》げる。

「ははは、じゃ、俺はひと潜《もぐ》り行ってくるね」

どこまでも爽《さわ》やかに、矢鱈さんはシュッとダンジョンへ入っていった。

「あ、はい！　どうぞごゆっくり～！」

矢鱈さんの背中を見送った後、シーサーをドリルパンダの隣《となり》へ飾って拝んだ。

「おお、素晴《すば》らしい……」

輝《かがや》くダンジョロイドたちを眺《なが》めて、俺はうんうんと頷いた。


……とあるSNSサイト。

「行きつけのダンジョンで貰っちゃった！　ドリパンぐうかわ」

ドリルパンダと矢鱈、絵鳩、ジョーンの姿。

**所持DP**……………225682
**来客8人**……………4000
**石鹸4個**…………400 売れた！
**計**………………**2300082**

# 第17話　戦いが終わりました。

「はぁ……」

ＳＮＳに投稿《とうこう》した写真に次々と流れるコメント。

まさか本当に、そんなレアな物だなんて……。

真っ白なベッドに横になり、私は枕元《まくらもと》にスマホを置いてから起き上がった。


――どうしよう。


なんでもらっちゃったなんて書いちゃったんだろう。

皆《みんな》からのいいねが欲《ほ》しいからって、いつもいつも嘘《うそ》ばっかり……。

本当は全然嬉《うれ》しくなんかないのに。

押《お》し寄せる自己嫌悪《じこけんお》の波に襲《おそ》われていた。


うぅ、何であんなに意地になっちゃったんだろう……。

あんな泣き真似《まね》までして、私、本当に嫌《いや》なやつ。

ふいに、矢鱈《やたら》さんの笑顔《えがお》とジョーンさんの困った顔を思い出す。

「あーーーーっもう！」

ベッドに仰向《あおむ》けに倒《たお》れ、右手を頭の上に置いた。

自分が嫌になる。

私はいつもそうだ。

私がダイバー免許《めんきょ》を取ろうと思ったのも、何かが、自分の何かが変わればと思ってだった。

折角、免許を取ったのに……。

優《やさ》しくされると、つい変な態度を取ってしまう。

何で私は、皆みたいに普通《ふつう》に出来ないの？

感謝してるのに、冷たい態度を取ったり、緊張《きんちょう》して上手《うま》くしゃべれないからって悪態をついてしまう。

「あーぁ……」

また、深い溜息《ためいき》をついた。

いつまで同じ事を繰《く》り返しているんだろう、私。

でも、このままじゃダメだ……。

絶対、嫌《きら》われちゃった。

このままダンジョン行けなくなるのかな。

それはやだな～。

せっかく楽しくなってきたのに。
ああ、自分でやっておいてバカみたい。
やばっ！　そういえばフェザーメイルも借りたままだ……。
あ〜、もう〜。
あれこれと考えているうちに、私はいつの間にか眠《ねむ》ってしまった。

——次の日。
学校が終わり、私は街のおもちゃ屋の前で足を止めた。
たくさんのダンジョロイドがウインドウ越《ご》しに見える。
店に入り、ダンジョロイドコーナーで『パンダタ』のキーホルダーを買った。
パンダタは覆面《ふくめん》を被《かぶ》ったパンダ型のモンスでドリルはついて無い。
この子ぐうかわ、そう思いながらバッグにつけた。

私は一人頷《うなず》く。
今日はフェザーメイルを返そう、そして貸してくれてたことにお礼を言おう。
今までひどい態度だったことも謝ろう。
私ちゃんと言えるかな……。

ダンジョンが近づくにつれて、緊張が高まる。

言葉にならない気持ちに押し潰《つぶ》されてしまいそうになった。

あー、手に汗《あせ》がー、どうしよう。

「がんばんなきゃ」

途中《とちゆう》、幾度《いくたび》も立ち止まりながらも、ゆっくり、一歩ずつダンジョンへ近づいていく。

いつもの見慣れた道が、今日は少し違《ちが》って見える。

遠いような、近いような。

私はモヤモヤを振《ふ》り払《はら》うように、頭を振った。

——やるしかない！

気合を入れ直して、再び歩き始めた。


ダンジョンの入り口が見えた。

ドキッとする。

フェンスの陰《かげ》に隠《かく》れて、そっと様子を見ると、ジョーンさんがカウンター岩を掃除《そうじ》していた。

後ろのダンジョロイドが並ぶ棚《たな》に、ドリルパンダが見える。

その瞬間《しゆんかん》、泣き真似をした昨日の自分を思い出した。

うう、息苦しいよぉ。

「絵鳩《えばと》ちゃん？　何やってんの？」

突然《とつぜん》の声に驚《おどろ》き、恐《おそ》る恐る振り向くと矢鱈さんの姿があった。

「や、矢鱈さん……あ、えーと」

私は慌《あわ》てて言葉を探す。

「あれ、行かないの？」

矢鱈さんは不思議そうにダンジョンを見る。

「えっと、その……」

ダメだ、このままじゃ、また……。

「ちょっとこっちに来て」

私が動けないでいると、その様子を見た矢鱈さんが手をひく。

「あの……」

ダンジョンから少し離《はな》れた獣道《けものみち》で「どうしたの？　何か様子が変だけど？」と、私を覗《のぞ》き見た。


「あ、うぅ……」

私は俯《うつむ》いたまま声が出せない。

もう、何で私はこうなのだ！

「大丈夫《だいじょうぶ》、僕《ぼく》は敵じゃないよ？　ははは、何があったの？」

矢鱈さんはいつもの笑顔《えがお》で訊《き》いてきた。

「あの、ジョーンさんに、装備を借りたままで……」

「ははは、そんなこと？　大丈夫だよ。ジョーンくんは」

「そんな、でも、昨日も変なこと言っちゃって……」

動けないままでいる私を「いいからいいから、はははは」と笑い飛ばし、強引《ごういん》にダンジョンへ引っ張っていった。


ダンジョンの入り口に着く。

「あ！　矢鱈さん、それに絵鳩？」

ジョーンさんがいつもの様に声をかけてくれた。

うわぁ、どうしよう。昨日のことを思い出すと恥《は》ずかしくて顔が見られない。

矢鱈さんがカウンター岩に肘《ひじ》を置き「ジョーンくん、絵鳩ちゃんが返したいものがあるんだって」と言う。

あ、ど、どうしよう？

こ、心の準備がっ……。

「え？」

ジョーンさんは、何の事かわかってないのか、ぽかんと口を開けている。

「ほら、絵鳩ちゃん」

矢鱈さんが横から肘で突《つ》いてくる。

「あ、あの……あの」口ごもってうまくしゃべれない私に、

「な、なんだ？　ドリルパンダならやらないからな！」

ジョーンさんは、棚からドリルパンダを取り、身体《からだ》の後ろに隠した。

それを見た矢鱈さんが「ジョーンくん、落ち着いて」と笑う。

「へ？」

二人の視線が、私に向けられた。

私の言葉を待つ、優《やさ》しい目。

なんで私はこんな二人に悪態ついたり、ひどいことしたり……。


——その瞬間、思わず感情が溢《あふ》れ出した。

「わ、私……」


わわわ、ダ、ダメ、ダメだ！

また、わけがわからなくなる。


止まって、止まってよ！

必死にこらえようとしても、次から次へと感情が溢れ出て止まらなかった。

力一杯《ちからいっぱい》、バッグを抱《だ》きしめて堪《こら》えようとする。

でも、私の中に渦巻《うずま》く感情が。

今まで、気づかない振りをしてきた全《すべ》てが、涙《なみだ》に形を変えていく……。


ポロポロと零《こぼ》れ落ちる涙でパンダタが濡《ぬ》れた。


「え、絵鳩⁉」

「絵鳩ちゃん⁉」


二人はオロオロと慌てている。

私は、なんで泣いてるの？


「ご、ごめんさい……。ふぇ、フェザーメイル返しますから、わ、私、わたし……ちょ、調子に……

ひっく……乗っちゃって……だから……うぅ」

うわ、もう私、最低だぁ……。

泣けばいいってもんじゃないのに！

「ちょ、いいっていいって、持ってても使わないし。あ、気になるなら安く売るよ？　合格祝いってことでさ。返してもらったら、俺《おれ》何に使うかわかんないぞぉ？」

と、ジョーンさんがふざけた口調で言った。

「ほ、ホン……トでずが？」

「ああ、いいよ。ほらＩＤ出して」

私は頷いてＩＤをジョーンさんに渡《わた》す。

「えーと、2,000ＤＰ《ダンジョン・ポイント》だから、うーん1,000ＤＰでどう？」

「うぅ……ひっく、大丈夫です」

ジョーンさんが、苦笑いを浮《う》かべてＩＤを返してくれた。

「ずみません……」

私はバッグにＩＤをしまった後、ティッシュを取り出して鼻水を拭《ふ》く。

「気にしない気にしない。ちゃんと言えたし、それに……今度は嘘泣《うそな》きじゃないしね？」

矢鱈さんは白い歯を見せて笑った。

「う、うぅ……や……矢鱈さん、歯、うぅ……白……すぎ…です」

私は嗚咽《おえつ》を堪えながら涙を拭《ぬぐ》う。

「え？　そ、そうかなぁ。ははは」

「そうですよ、白すぎですって」

と言って、ジョーンさんも笑っている。

「お、良いじゃん？　パンダタでしょ？」

バッグのパンダタを指さして言った。

私はそれに精一杯《せいいっぱい》の笑顔で応《こた》え、そして深呼吸をしてから「本当に、今までごめんなさい！」と心から謝った。

「……絵鳩、お前、青春してんだなぁ」

ジョーンさんが呆《あき》れながらも、微笑《ほほえ》んでくれた。

そして、思い出したように「そうだ！　お前、二度とキモっとか言うなよ？」と言う。

「ご、ごめんなさいっ！　もう言いません！」

私が謝ると、ジョーンさんはニヤリとしたあとで「ふはははは！！　勝ったーーーっ！！」と、大きく笑った。


それから私は、二人と少し話したあと、家路に就《つ》いた。

……嘘ついて、ＳＮＳで自慢《じまん》して、なんか私バカだった。

二人の顔が浮かぶ。

帰り道でスマホを眺《なが》め、小さく頷いてＳＮＳアプリをアンインストールした。

――これでいい、うん。

「よき」

スマホをバッグに入れる。

揺《ゆ》れるパンダタが、私にはとても誇《ほこ》らしく思えた。

# 第17.5話　二人の出会い。

車窓から見る景色はつまらない。

代わり映《ば》えしない田んぼと民家が交互《こうご》に続く。都会育ちならここで「わぁ」とか「すごーい」とか言うのかな？

今日、私は電車に乗って、少し離《はな》れたダンジョンに来ていた。

「あー、遠いなぁ……」

なぜかというと、D&Mにはちょっと恥《は》ずかしくて、当分行く気になれないからだ。

「うぅ……」

思い出して、一人頬《ほお》が熱くなる。

あんな号泣《ごうきゅう》しちゃって、う〜っ、ほんっと恥ずかしい！


——善通寺《ぜんつうじ》、善通寺。お降りの際は、お忘れ物にご注意ください。


ホームに降りて、改札へ向かう。

繰《く》り返される号泣シーンを振《ふ》り払《はら》いながら改札を出た。

駅からすぐのところにダンクロ善通寺店はある。

赤と黒で統一された外観。扉《とびら》には24Hと太い文字で書かれていた。

中に入り、受付を済ませると更衣室《こういしつ》に向かう。

備え付けのロッカーに制服と荷物を入れ、フェザーメイルを装備して、ダンジョンへ向かった。

入り口で見たフロアマップでは、全二十階層。

一～五階までは迷宮《めいきゅう》タイプ。六～十五階は洞窟《どうくつ》タイプに変わり、それ以降は密林タイプと書かれていた。難易度は比較的《ひかくてき》低めとのこと。

「いっちょやりますか」

私は白雲《しらくも》を腰《こし》に差し、奥《おく》へ進んだ。

石畳《いしだたみ》の通路に足音が響《ひび》き、遠くからも別の足音が聞こえてくる。他のダイバーがいるのか、それともモンスか、警戒《けいかい》しながら壁際《かべぎわ》をゆっくり歩いた。

所々に小部屋の扉が見えるけど、一人なので開ける勇気はない。

パニックルームだと確実に死んじゃうから。私は扉をスルーして、そのまま進んだ。

突《つ》き当たりの角から、スケルトンの頭がひょっこりとこちらを覗《のぞ》いている。

「来たわね！」

白雲を構えて、戦闘《せんとう》態勢に。

しかし、いくら待ってみてもスケルトンは向かってこない。

「……？」

仕方なく、ゆっくりと近づいてみると、突然《とつぜん》スケルトンの頭蓋骨《ずがいこつ》が飛んできた！

「わっ！」

思わず腕《うで》を前にして顔を隠《かく》す。

コロンコロンと甲高《かんだか》い音を立てて、頭蓋骨が通路に転がった。

「え……」

頭蓋骨を足でつついてみるが、反応はない。……ただの屍《しかばね》のようだ。

『ククク……』

「誰《だれ》⁉」

さっと声の方に向くと、一人の女の子が笑っていた。同い年ぐらいだろうか？

見ると、私と同じフェザーメイルを装備している。髪《かみ》は茶髪《ちゃぱつ》のおかっぱ、前髪ぱっつんで目が殆《ほとん》ど見えない。見たことのない武器をもっていて、曲がり角からこちらを覗いている。

「何よ？　あんた誰？」

『……』

返事はない。ただ、じーっとこちらを見ていた。

むぅ……何？　シカトなの？

「聞いてる？　ねぇ？」

『……』

やはり、返事はない。だが、屍ではないようだ。

「むきーっ！　ちょっと⁉　聞いてるの？」

大股《おおまた》で向かっていくと、女の子はささっと走って逃《に》げてしまった。

「あ！」

急いで追いかける。

しかし、曲がり角に着いたころには、女の子の姿は見えなくなっていた……。

「ったく、何なのよ……もう」

短く息を吐《は》いて、再び奥へ進む。

すると、目の前に二体のスケルトンが、カタカタと歯を鳴らしながらこっちに向かってきた。

「よーし！」

私は白雲を抜《ぬ》いて、手前のスケルトンに斬《き》りかかった。

スケルトンが腕で白雲をとめ、カツン！　と音が鳴る。

すかさず、胴体《どうたい》を蹴《け》り飛ばして、奥のスケルトンの首の骨を狙《ねら》って刀を突き出す。

「ほっ！」

しかし、狙いは外れる。

カタカタと笑うようにこちらへ迫《せま》るスケルトン。

何とか体勢を立て直したが、鍔迫《つばぜ》り合いのような形になり、力で押《お》される。

「ぐ……、骨のくせに何て力よ！」

視界の隅《すみ》で、蹴り倒《たお》したスケルトンが起き上がるのが見えた。

「うっざ！　うっざ！」

ヤバい、ヤバい、ヤバい、どうしよう。

もう、入ったばっかりなのにぃ～。

起き上がったスケルトンの手が、私の身体《からだ》に触《ふ》れようとした――その時。


パコーーーン！！

突如《とつじょ》、後ろから石が飛んで来て、スケルトンの頭部が砕《くだ》けた。

スケルトンは砕けると同時に霧散《むさん》。

「は？　な、何？」

カタカタと笑い続けるスケルトンを、足で押しのけて後ろを見た。

そこに、さっきの茶髪の女の子が立っている。

「あ……」

女の子はニタっと笑い、私に伏《ふ》せるように手で合図した。

「へ？」

思わず、合図のままにその場に伏せると、女の子はパチンコのような武器で石を放った。


パコーーーン！！

スケルトンは派手な音を立てて霧《きり》となる。

私が呆気《あっけ》にとられ、消えたスケルトンを目で探していると、女の子がこっちに近づいて来た。

ハッと我に返り、体勢を直して身構える。

「ど、どういうつもり？」

『……』

しかし、返事はなく、微笑《ほほえ》みながら無言で近づいてくる。

こ、怖《こえ》ぇ……。

どうする？　襲《おそ》われることはないと思うけど……。

ドキドキしながら、女の子の一挙手一投足を見守った。

『こ……わ』

目の前に来た女の子は何かを呟《つぶや》く。

「へ？」

笑ってる……？

悪気があるわけではなさそうだ。

「えっと、な、何かな？」

『あ……な……ど』

「え？」

き、聞こえねぇー。全く聞こえねぇー。

私が首を傾《かし》げていると、女の子は耳元で『ごめんね』と言った。

「ふぇ？」

モンスが来ない入り口付近に場所を変えて、じっくり話を聞いてみる。

彼女《かのじょ》の名前は蒔田香《まきたこう》。どうやら、さっきのいたずらを謝《あやま》ろうとしていたらしい。

ダンジョンで、同い年ぐらいの女の子に会うのは珍《めずら》しいから、つい、ちょっかいを出したという。

私から逃げたのは、単に恥ずかしかったのだそうだ。

「ふーん、そういうことね。あー、びっくりした」

『ご……んね、ふふ』

お？　なんとなく、聞き取れるようになってきた。

「ねぇ、声小さくない？　もうちょっと大きくならないの？」

『これでも、結構……ってる』

蒔田は少し寂《さび》しそうな顔をして答えた。

「あ～、大丈夫大丈夫《だいじょうぶ》、ごめんね。私は絵鳩《えばと》っていうの。よろしく。あ、まっきーでいい？」

まっきーは、うんうんと大きく頷《うなず》いた。

「うれしい！　女の子のダイバーって少ないから」

「あれ、聞こえる……」

あれほど聞き取れなかったまっきーの声が、普通《ふつう》に聞き取れている。

「ちょ、ちょっと、何か喋《しゃべ》ってみて」

「あー、あー、これでいい？」

き、聞こえてる！　どういうこと？

「なんでだろ？　すっごい聞こえる……」

「ほんと⁉　捗《はかど》るわ～。私の声ってみんな聞こえないって言うんだもん。なんでだろ？　普通に喋ってるつもりなんだけどね」

ぜ、全部聞こえる！　うーん、不思議。何で、今まで聞こえなかったんだろう？

もしかして、何かコツがあるのかも……。

「ま、まあ、よきよき！　気にしても仕方ないし」

「うん！　ねぇ、折角だから一緒《いっしょ》に廻《まわ》らない？」

「いいねぇ～、いこいこ！　あ、その武器ってさぁ……」

それから、私とまっきーは、夕方までたっぷりとダンジョンを満喫《まんきつ》した後、更衣室に戻《もど》った。

「あれ？　それって……」

まっきーのバッグにぶら下がっているキーホルダーを指差す。

「ん？　パンダタ知ってる？」

「知ってるも何も！」

私はロッカーからバッグを取り出して、自分のパンダタを見せた。

「あーっ！　一緒だ！」

そう言って二人で笑ったあと、まっきーが制服を取り出すとさらに驚《おどろ》く。

「あーっ！　同じ高校とか、ヤバい！！」

同じ制服を着て大声で笑う、私とまっきー。

多分、ここ数年で一番笑ったと思う。

「あー、お腹《なか》痛ーい」

「私も。ふふ、気が合うねー」

「うん」


ダンジョンを出て、二人で電車に乗った。

いつも一人で乗ってるから、少し照れくさく感じる。

座席に並んで座ると、まっきーが「絵鳩もダンジョン好きなんだねー。また今度さぁ、二人で回らない？」と誘《さそ》ってくれた。

「いいよ、毎日でも」

「ふふ、嬉《うれ》しいなぁ。私、友達《ともだち》とかいなかったからさぁ。ほら、声が聞こえないとか言われて面倒《めんどう》くさいでしょ？」

まっきーは、冗談《じょうだん》っぽく顔を歪《ゆが》めた。

うーん、色々辛《つら》いこともあったと思うんだけどなぁ……。

「大丈夫、私はもう聞こえるからね？」

そう言うと、まっきーは「絵鳩、マジ使える」とふざけた感じで笑った。

「もう、何その言いかた～」

「ははは、冗談だってば。いやぁ～、こんなに話したの何年ぶりだろう？　喉《のど》痛いっ！」

「あはは、喉よわっ！　あ、飴《あめ》あるよ？」

「やった！　飴ちゃん、飴ちゃん！」


――次は終点、高松、高松です。お忘れ物のないようにご注意ください。


あっという間だった。

行く時は長く感じたのに、まっきーと話していたからかな。

「ねぇ、私さぁ、良いダンジョン知ってるんだけど……次はそこに行ってみる？」

「え、行く行く！　ていうか、この近くにあったっけ？」

「うん、最近出来たばっかりで、まだ小さいんだけど」

「何てダンジョン？」

まっきーがスマホを取り出す。

「D&Mってダンジョン。ジョーンさんって人が店長」

「へー、イケメン？」

「うーん、微妙《びみよう》かな。あ、でもそこ矢鱈堀介《やたらほりすけ》が来るよ」

まっきーが大袈裟《おおげさ》に私を見た。

「うっそ！　矢鱈ってあの⁉」

「うん、私サインもらったもん」

「えー！　いいなぁ～、私も欲《ほ》し～い！」

「へへへ、まっきーも頼《たの》んで見れば？」

「絶対もらう！　矢鱈堀介っておじさんだけどカッコいいよね？」

「そう？　シュッとはしてたけど……」

「えー！　絶対カッコいいってば！」

「趣味《しゅみ》わるっ」

「ちょ！　ひどーいっ」

「あははは」

「……」

「……」


家でシャワーを浴びながら、気づくと鼻歌を唄《うた》っていた。

お風呂《ふろ》から出て、Tシャツとパンツ一枚で自分の部屋に戻る。

濡《ぬ》れた髪をドライヤーで乾《かわ》かしたあと、机に置いたバッグにぶら下がるパンダタを、ちょんちょんと手で揺《ゆ》らした。


「ふぅ……」

ベッドに横になり、枕《まくら》にばふっと顔を埋《うず》める。
こんなに明日が待ち遠しいなんて、何年ぶりだろう？
もしかして、親友ってこんな感じなのかなぁ……。
あ～、早くまっきーと遊びたい。
今日のことを忘れてしまわないように、私は何度も思い返しながら眠《ねむ》りに落ちた。

# 第18話　チラシを作りました。

久しぶりに母からメッセージが届いた。

『順調そうね。でも、新規のお客さんはちゃんと増えてるの？　増えてるなら良いんだけど、その辺も頭に入れておきなさいよ』

『り』

むぅ、確かに……。

スマホの画面を消して、布団《ふとん》から起き上がる。

そういえば、最近ベテランダイバーは増えたけど、初心者が殆《ほとん》ど増えていないなぁ……。

これは、もしかして初心者が入りにくい雰囲気《ふんいき》になってしまっているのかも知れない。

早急に手を打っておいたほうが良いだろう。


俺《おれ》は急ぎ身支度《みじたく》を済ませて、居間へ下りる。

「ジョーンくん、おはよう。おにぎり良かったら持っていく？」

陽子さんが、珍《めずら》しく台所に立っていた。

「あ、おはようございます、もらっていいんですか？」

「うん、ちょっと作りすぎちゃって。今日、これから公民館で会合があるのよ」

「へぇー、陽子さんも大変ですねぇ」

陽子さんは「そうなのよ」と振《ふ》り返って「これが、おかか。こっちが梅に鮭《さけ》、こんぶ」と細長い指でさす。

「じゃあ、鮭もらっていきますね」と言って、俺はラップでおにぎりを二個包んだ。

「はーい、じゃあ頑張《がんば》ってね」

手を振る陽子さんに礼を言い、昨日の夜に凍《こお》らせておいた麦茶を持ってダンジョンへ向かった。

黒いフェンスを雑巾《ぞうきん》で拭《ふ》きながら、初心者層に何が喜ばれるのかを考える。

うーん、自分が最初の頃《ころ》に困った事と言えば、やっぱり武器だな。

俺には、教えてくれる人はいなかったから、雑誌読んだり、ネットで調べて自作したりと大変だったなぁ。今思えば、それもいい思い出になっているんだけど……。

しかし、苦労すればいいってわけじゃない。

やっぱり、最初の部分。導入ぐらいは、何か手助けしてもいいと思うのだ。

最初にダンジョンで手に入れる武器といえばこん棒系だが、これも簡単な加工をすれば攻撃力《こうげきりょく》を手軽に上げることができる。慣れていれば当たり前のこと、しかし、初めてで右も左も分からない状態だと、そこまで考えが及《およ》ばないのが普通《ふつう》だ。俺もそうだったので良く分かる。

ウチのダンジョンなら、二階のトレントからこん棒がドロップする。俺が初心者ならまず狙《ねら》うだろう。

ババババットの革でグリップを作り、石をくくりつけてハンマー系にもできるし、先を尖《とが》らせてそのまま使うなど、加工がしやすい。モンスの牙《きば》や茨《いばら》などを巻き付けたり、慣れてくると楽しい作業の一つである。

むぅ、そうか。俺のようなハマるタイプの性格じゃなければ、こういう作業が面倒《めんどう》と感じるのかも知れない。例えば、最初から高価な武具を買い揃《そろ》えるタイプの人とか。まあ、いくら高価でも買ったまんまだと、すぐに限界がくるとは思うけど。

しかし、安易に教えるのも楽しみを奪《うば》うようで気がひけるな。

何か押《お》し付けがましい方法じゃなくて、いい方法があればいいのだが……。


カウンター岩に戻《もど》り、デバイスを見る。
D　P《ダンジョン・ポイント》を消費して得られるアイテムは多いが、当然基本《プレーン》な状態で、例えば武器の場合は、強化がされていない状態だ。アイテムや武器は工夫次第《くふうしだい》で強くもなり、回復系アイテムなどは効果が上がったりする。
俺のルシールは＋99の強化がされ、同武器と比べても格段の差があるのだが、矢鱈《やたら》さんに至っては＋999もの強化と、別次元の話になってしまう。このように、アイテムを活《い》かすも殺すもダイバー次第。そこの工夫が腕《うで》の見せ所でもあり、他のダイバーの力量を知る目安でもある。

「難しいよな～」

デバイスを見つめながら、ふと思いつく。

そうだ、武器以外のアイテムでも工夫を楽しんで貰《もら》えないだろうか？

そう考えながら、色々とアイテムを物色していると『種《たね》』の項目《こうもく》で手がとまった。

種には様々な種類があって、薬効のある回復系、ロープ代わりになる蔓《つる》などの材料系、後はモンス系の危ない種などがある。だが、所詮《しょせん》ＤＰを消費して手に入る物に、そこまで危険性のある物はない。

本当に危ない物や凄《すご》い物は、やはりダンジョンにあるのだ。


——昔、とあるビル型ダンジョンが一夜にして森に変わった事件が起きた。

ネットで『森ビル事件』と検索《けんさく》すれば多数ヒットするだろう。

これは地上げ目的で、ヤバい系ダンジョン企業《きぎょう》から派遣《はけん》された工作員が、後先考えずに『猛烈草《もうれつ》』という洒落《しゃれ》にならない草の種を蒔《ま》いたのだ。

この猛烈草、その名の通り猛烈なスピードで生長して、ダンジョンを覆《おお》い尽《つ》くし、モンスバランスを崩《くず》した挙げ句、ダンジョンを緑の廃墟《はいきょ》へと変えてしまう悪魔《あくま》の草。

当然この種は、現在アイテムボックスに入れた時点で即《そく》、逮捕《たいほ》である。一部の地域にのみ、稀《まれ》に自生する種なのだが、見つけてもスルーか、焼くなどの対処をするのが普通。だが、当時は知名度も低いうえに、発芽条件も複雑、故《ゆえ》に只《ただ》の種だと思われていて、規制もまだされていなかった。

事件当時は、連日ニュースで様々な専門家が対策を披露《ひろう》し、ネット界隈《かいわい》も有識者が自らの持論を展開したりと、異様な盛り上がりを見せていた。かくいう俺も、自分で対処法を考えたりしていたが、ついに解決法を見出《みいだ》す事は叶《かな》わなかった。

解決法を見つけたのは、突如《とつじょ》ネットに現れたヴァン・ホーホストラーテンと名乗る人物（当時はタイムトラベラーという噂《うわさ》もあった）。

皆《みな》が知らないアイテム活用法など知識も豊富で、その博識ぶりには有識者も舌を巻くほどだった。

結局、その素性《すじょう》が明かされる事はなかったが、彼《かれ》が公開した対処法は、政府対策チームに採用され『森ビル事件』は無事解決となったのだ。

ちなみに、その対処法は、キラービーから採れるローヤルゼリーと、バジリスクの毒液、オトギリソウを煮出《にだ》した汁《しる》を1：1：5の割合で混ぜ合わせた薬液に、あるアイテムを入れる。そのアイテムはここに書くと問題になるので割愛《かつあい》させていただく。

現在、政府ガイドラインでは右記方法は緊急時《きんきゅう》のみの対策としており、一般的《いっぱん》には、猛烈草をひたすら食べるオオクサグイというモンスを放って、そのバランスを保つ方法が確立されている。

しかし、こうして考えてみると、種の種類には注意が必要だな……。

回復効果に絞《しぼ》って選んだ方が安全だろう。初心者が必要な物といえば回復薬だし。

一番オーソドックスな回復薬は『ポーション』だが、これにウツボハスというモンス系植物の種を漬《つ》けておくと、『ハイ・ポーション』となる。

ベテランダイバーと回れば自然と覚える知識だが、初心者なら初耳のダイバーも多いはず。

こういう、豆知識的なものを告知して、尚且《なおかつ》、実践《じっせん》できるように環境《かんきょう》を整えてみたらどうだろう？

よし、やってみるか！

俺はデバイスから『ウツボハス』の種を購入《こうにゅう》する。

・ウツボハスの種（一袋《ふくろ》）……3,000ＤＰ

チャリーン　△3,000ＤＰ。

早速《さっそく》、二階へ下りて壁際《かべぎわ》に種を蒔いた。早ければ明日には育つだろう。

種をそのまま売れば？　という意見もあるだろうが、俺の考えではこうだ。

ウツボハスは弱い部類なので、初心者でも倒《たお》しやすいうえに、回数制限も無く、復活までも早い。

初心者が戦闘《せんとう》経験を積めて、ＤＰもコツコツ貯《た》められ、もちろん種も手に入る。

これだけでも、かなりのメリットがあると思うし、やはり自らの手で楽しんで欲《ほ》しいのだ。

一階へ戻り、ＰＯＰ作りを行う。

まずは店の案内チラシをフリーソフトを使いスマホでデータを作る、これは後ほど。

次に『ご自由にどうぞ』というさりげない言葉と共に、ウツボハスの活用法などを書いた紙を、中が見えないように折る。それを束にして、小箱に入れてカウンター岩の隅《すみ》や、持っていきやすいように更衣室《こういしつ》の中に置いた。

「こんなもんかな？」

ウツボハスから種を手に入れて、実際に自分でハイ・ポーションを作ることにより、他にも色々な疑問や興味が出てくるだろうし、これがダイブを楽しむきっかけになればいいな。

デバイスから協会サイトに、ウツボハスの種を二階へ蒔いた事を告知。後は、初心者を呼ぶ為《ため》に考えたある秘策を実行に移すのみ。

ダイバーも帰り、昼休みの時間になったので、休憩《きゅうけい》がてら早速行動に移った。

急いで実家に戻り、爺《じい》ちゃんの原付きバイクを借りて、ダイバー免許《めんきょ》センターへ向かう。途中《とちゅう》でコンビニに寄り、チラシを二百枚印刷し、再び原付きバイクを走らせて、センターへ。

——そう、初心者は必ずここにいる。

県内のダイバーが最初に訪《おとず》れる場所、それがダイバー免許センターだ。

ここに我がD&Mダンジョンのチラシを置かせてもらおうという算段。

田舎という事もあるのだが、センターと言う割には小さい。学校の体育館ほどの大きさで、中は役所のような雰囲気が漂《ただよ》う。ちなみに冷房《れいぼう》は規則なのかエコなのか、生ぬるくてがっかりした。

俺は受付に行き、チラシを置かせて欲しい旨《むね》を職員に伝える。

「あー、はいはい。ほらその右手にある台が全部そうだから。置くなら綺麗《きれい》に並べてね」

職員は事務作業をしながら答えた。

「ありがとうございます」

頭を下げ、台の方へ向かう。

「な！」

壁際一面に置かれた横長の会議用テーブルの上には、県内外のダンジョンというダンジョン全部あるんじゃないかと思うほど、大量のチラシが積まれていた。

「皆、考えることは同じってわけか……」

俺は大きく溜息《ためいき》をつき、持ってきたチラシを用意する。

とりあえず二百枚のチラシを揃えて、空いているスペースに置いた。

「あー、やっぱそんなに甘《あま》くないわ」

免許センターを後にして、俺は何かいいアイデアはないかと考えながら、原付きバイクを走らせてダンジョンへ戻った。

空には大きな入道雲、風をきって走る八月の田舎《いなか》道。

太陽が笑って「お前もまだまだだな」と言っている気がした。

**所持DP**……………230082
**ウツボハス**…………△30000
**絵鳩**………………10000
**来客6人**……………3000
**印刷代**………………△2000
**計**……………………**229082**

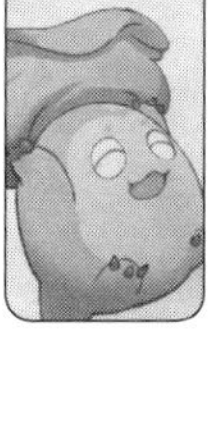

# 第19話　夜更《よふ》かしをしてしまいました。

「ふわぁ〜」

眠気《ねむけ》が取れない。

昨日は夜更かしして、溜《た》まっていたアニメをひたすら見てしまったのだ。

自分が悪いので、仕方ないのだが……。

それにしても、眠《ねむ》い。

カウンター岩にもたれかかった。

そうだ、珈琲《コーヒー》でも飲むかな。

「あれ？　ストックが……」

むぅ、豆が切れている。

コンビニに行くのもかったるいしなぁ……。


——ピコーン！

その時、俺《おれ》はある人気動画配信者の存在を思い出す。

ダンジョンに生息する植物から、飲み物や薬を作って自らが実験台になるというコンセプトの下《もと》、様々な実験を繰《く》り返し、一時は入院までしていた人気配信ダイバー、ノムノム・クールJだ。

スマホで動画のリストを検索《けんさく》する。

「うわ、色々やってるなぁ～」

ずらっと並ぶリストには『オ・ト・ギ・リ・ソウ、飲んでみた！』『吸血草で血液サラサラ⁉』『歯痛にはこれだ！』など膨大《ぼうだい》な量の動画がアップされている。

その中で『眠気を打ち砕《くだ》く！　カプラモヒートの作り方』を選んで視聴《しちょう》することに。

動画によると、カプラの実を粉にして、ハッカーナの葉を二枚、それを炭酸で割るだけの簡単レシピ。

「うん、これならすぐ作れそうだな」

確かアイテムボックスにカプラの実はあったはず。

炭酸水がないので、やむを得ず水で作ることにした。

デバイスから俺のアイテムボックスを見る。おお、あった！

材料を取り出し、珈琲ミルで真っ赤なカプラの実を粉にする。

カプラとは、密林系フロアに良く自生するポピュラーな植物だ。

この赤い実を好物とするモンスも多い。

ハッカーナは、岩の隙間《すきま》に生えるシソによく似た植物だ。

これを触《さわ》った後に顔をこすると、大変な事になるので注意しなくてはならない。

二階の岩に生えていたものを二枚頂く。

さて、グラスに挽《ひ》き終わった赤い粉とちぎったハッカーナの葉を入れ、水を注ぐ。

そして、よくかき混ぜると……。

「うわっ、凄《すご》いにおいだな」

鼻の奥《おく》がツーンとする。大丈夫《だいじょうぶ》なのだろうか？

……よしっ！

俺は一気にカプラモヒートを飲み干した。

ん？　なんかスパイシーな感じで飲みやすいかも？

お？

おお？　な、なんだこれ？

ぐるぐると景色が回る。

あ、あれ？

——俺は意識を失った。

う、うう……。

気付くと俺は、薄暗《うすぐら》い部屋に倒《たお》れていた。

頬《ほほ》に張り付いた砂を払《はら》い、上半身を起こすと身体《からだ》がすっかり冷え切っている。

「ここは……」

どこからか聞こえる、水滴《すいてき》の音。

立ち上がろうとして、足に違和《いわ》感を覚えた。

「え？」

見ると、足首には鉄枷《てつかせ》がはめられており、太い鎖《くさり》で壁《かべ》に繋《つな》がっている。

「ちょ！　マジで？」

鎖が床《ゆか》に擦《こす》れて重い音を鳴らす。

こ、これって……。慌《あわ》てて辺りを見回す。

奥に扉《とびら》が一つ、あとは何も無い、廃墟《はいきょ》のような部屋だ。

ふと、天井《てんじょう》の隅《すみ》に小さな赤い点を見つけた。

「カ、カメラ？」

すると、突然《とつぜん》壁一面にフィルム投影機《とうえいき》を使った様な映像が流れる。

派手な音楽が流れ、ラキモンの姿が映った。

俺は目を疑う。ラキモンの身体が黄色ではなく黒色だ……。

『よく来たラキ……。お前の命はこのオレ様が預かってるラキよ……』

「お、おい！　どうしちゃったんだよ⁉　俺だって、ジョーンだ！」

『ジョーン？　知らんラキなぁ……ラッラッラ。さあ、これからお前にはゲームに参加して貰《もら》うラキよ……』

極悪《ごくあく》な感じを全面に出してくるブラックラキモン。

「ちょ、お前何か変な映画の見すぎじゃね？　しっかりしろよ！　あ、瘴気香《しょうきこう》あるぞ！」

『ぐふふラキ。瘴気香はお前の処分が終わってから、ゆ〜っくり頂くとするラキよ……。さあ、ゲームの始まりラキ！　カモンラキよ！　疾風《しっぷう》の戦士、スパイラルモモンガ！』

ブラックラキモンがそう叫《さけ》ぶと、奥の扉が開き、スパイラルモモンガが飛び込《こ》んできた。

『地獄《じごく》の門は開いたラキ！　お前は百のモンスと戦って勝ち抜《ぬ》く以外に生きのびる道はないラキよ！』

「ちょっと待ってくれよ！　何がなんだか……」

そう言うと、空中から俺のルシールがカランカランと大きな音を立てて落ちた。

『けけけラキ。　さあ武器を取り、戦うがいいラキ！』

ブラックラキモンの言葉と同時に、スパイラルモモンガが回転して襲《おそ》ってくる。

俺は慌てて身を伏《ふ》せて、ルシールを握《にぎ》った。

「くそっ、何がなんだか……」

足枷があって動ける範囲《はんい》は狭《せま》い。

スパイラルモモンガの攻撃《こうげき》は直線的で単調。

——どうする？　次に襲って来たところを狙《ねら》うか？

俺は身構えて、次の攻撃に備える。

『キュキュキュキュッ！　キュキュキュキュッ！』

威嚇《いかく》音を発しながらスパイラルモモンガが再び襲って来た！

「なめるなよ！」

素早《すばや》く避《よ》け、体勢を直そうとするスパイラルモモンガにルシールを叩《たた》き込む！

『ピギィッ！』

その瞬間《しゅんかん》、スパイラルモモンガは霧散《むさん》し姿を消した。

「はあ、はあ……」

ふぅ、この程度でやられる俺じゃないぞ。

『さあ、まだ始まったばかりラキ……。これならどうラキ？　いでよ、荒《あら》ぶる戦士、ジャイアントオーク！』

『ブギョオオオオ！！！』

涎《よだれ》を撒《ま》き散らしながらジャイアントオークが現れる。

不味《まず》い、ヒットアンドアウェイが使えない今、殴《なぐ》り勝つしかないが……。

『ブギィッ！！』

Gオークが太い棍棒《こんぼう》を振《ふ》り下ろす。

咄嗟《とっさ》にルシールで受け止めてしまった！

ぐ……力負けする……。

俺は身体《からだ》をねじり、棍棒を逃《に》がす。

そして、Gオークのこめかみをフルスイングで叩く！

「オラオラオラ！」

怯《ひる》んだGオークの頭部を集中的に狙いダメージを与《あた》える。

『ブギョォォォ！！』

断末魔《だんまつま》をあげ、Gオークが霧散した。

「ぜぇ、ぜぇ……」

やばい、スタミナが……。

息を整えていると、拍手《はくしゅ》が聞こえた。

『パチ、パチ、パチ……。これで二体目ラキ、残りは九十八体ラキよぉ？　いつまで保《も》つラキかなあ……？』

「もうやめろ！　何がしたいんだ⁉　ヤメてくれ！」

『さあ、ダンちゃん踊《おど》りましょうラキ……。宴《うたげ》はこれからラキよぉ……』

「やめてくれーーーーー！！！」


………。

……。

「ジョーンくん、ジョーンくん！！」

「あ、あれ……矢鱈《やたら》さん？」

目を開けると矢鱈さんの白い歯が見えた。

「ああ、良かった。びっくりしたよ。何があったんだい？」

身体を起こし、周りを見る。

いつものダンジョンだ。

「……痛っ」

頭を押さえながら、

「えっと、あれ？　何をしてたんだっけ？」と呟《つぶや》く。

矢鱈さんが空いたグラスを持って、俺を覗《のぞ》き込むように見た。

「これ、落ちてたけど……。何か変な物飲んだ？」

――記憶《きおく》が繋がる。

「あ！　そうだ！　確かカプラモヒートを作って……」

「カプラモヒート？」

「そうなんです、珈琲が無かったんで、眠気覚ましに飲んでみようと」

矢鱈さんは不思議そうに「カプラモヒートで倒れるなんて、変だな」と首を傾《かし》げる。

確かに変だ。

俺は、立ち上がって入れたものを確認《かくにん》した。

「えーと、カプラの実の粉末と、ハッカーナの葉、うーん変なものは入れてないんですが……」

「ちょっと見せて」

矢鱈さんが指先で粉末をつまんで、匂《にお》いを嗅《か》ぐ。

「ジョ、ジョーンくん！　これハッカーナじゃないよ、マジックミント！　ほら、ここの葉脈見て」

「え⁉」

慌てて確認すると、確かに葉脈が左右対象になっている（ハッカーナは非対称《ひたいしょう》）。

「ちゃんと確認しないと危ないよ？」

まさか初心者本にも載《の》ってる要注意植物を混ぜてしまうとは……。

「す、すみません……」

眠かったとは言え、初歩的ミスだ。

うう、俺としたことが……。

「まあ、無事で何よりだけど、今は大丈夫？　目回ったりしてない？」

指を俺の目の前で動かしながら言う。

俺は頷《うなず》いて「はい、少し頭が痛いぐらいで……」と答えた。

「マジックミントは強烈《きょうれつ》な幻夢《げんむ》作用があるからね、効果は短いけど」

「はい、何か恐《おそ》ろしい夢を見た気がします……」

うーん、思い出せないが……。

「あ！　他のお客さんは来てなかったですか？」

「僕《ぼく》が来たときには誰《だれ》もいなかったよ」

その言葉に、ほっと胸を撫《な》で下ろす。

「よかった……」

突然、店主が倒れてたらびっくりさせてしまう。

あー、気をつけないと。

「すみません、もう大丈夫です。あ、矢鱈さん潜《もぐ》っていきますか？」

「うん、そうだね、じゃあ少しだけ行ってくるよ。ホントに大丈夫？」

「はい、大丈夫です。ありがとうございます」

俺は元気に答えた後、矢鱈さんの受付を済ませて「いってらっしゃい」と見送った。

……しかし、ヤバかった。

俺はカウンター岩を拭《ふ》きながら、何か壊《こわ》れたものはないかチェックをする。

うん、問題はなさそうだな。

念の為《ため》、デバイスもチェック。

異常な……え？

矢鱈さんの場所を示す点が見えない。

あれ？

ビューで各フロアを見るが、その姿はない。

「え……どういうこと……」

「こんにちは」

——ひっ！

振り向くと、矢鱈さんの姿。

「な⁉」

「どうしたの？」

矢鱈さんは白い歯を輝《かがや》かせて笑う。

「だ、だ、だって、矢鱈さん、いま……」

「僕はここにいるけど？」

そうだ、確かに……。

「は、はい……そうですよね……」

どういうこと⁉　あれは誰⁉

目線を泳がせながら考えた後、矢鱈さんを見ると、

『ははーん、さては夢から覚めたと思ったラキね……？』

矢鱈さんの顔がブラックラキモンに変わっていた！

「うぎゃあぁぁぁあああああ！！！！」

「ああ……！！」

「……！」

「ん？　また夢？」

起き上がると、いつものダンジョン。

グラスが側《そば》に転がっている。

「おいおいおい……俺どうなっちゃってんだよ……」

慌ててハッカーナの葉を調べる。

葉脈が左右対象、ってことは、マジックミントなのは間違《まちが》いない。

他にも、カウンター岩周り、身体、デバイスに異変がないかチェックする。

それにしても、これがまた夢かも知れないと思うと落ち着かない。

少し表に出てみる。

変わった様子はなく、時間も一時間程《ほど》しか経《た》っていない……。

俺はもう、現実に戻《もど》っているのだろうか？

辺りを見廻《みまわ》したあと、中へ戻る。

マジックミントの効果は短いとはいえ、念のために、デバイスのアイテムボックスから、中和薬を取り出して飲んだ。

「ぷはーっ」

これで大丈夫だと思うが……。

結局、それから変な事は起こらなかった。

滞《とどこお》りなく営業を終えた後、片付けをして家路に就《つ》く。

帰り道、俺は二度と夜更かしなどするものかと、丸い月に誓《ちか》うのであった。

所持DP…………229082
来客9人…………4500
石鹸2個…………200

計…………233782

# 第20話　ビジネスチャンスの予感がします。

朝、麦茶とおにぎりを持ち、いつものようにダンジョンへ向かう。

カウンター岩の陰《かげ》から、ひょっこりと黄色いものが動いた。

『ダンちゃん、おひさラキ！』

「ラ、ラキモン！」

その愛くるしい姿に何故《なぜ》かビクッとしてしまう。

何だろう、何か忘れている気が……。

気のせいかな？

「おお久しぶり、どうした？」

ラキモンはぷにぷにとこちらへ歩いてきた。

そして、何を言うわけでもなく、モジモジしている。

「ん？」

何だろうとラキモンを覗《のぞ》き込《こ》む。


『ダンちゃん……あれ……』

「あー、あれね。おｋおｋ」

俺《おれ》は棚《たな》の引き出しから瘴《しょう》気香《きこう》を取り出して「これ？」と訊《き》く。

『うぴょっ！　それラキ！　ダンちゃん～』

ラキモンは、まるで猫《ねこ》のように顔を足に擦《こす》り付けてくる。

「ははは、わかったわかった、はいどう……」

差し出した瞬間《しゅんかん》、疾風《しっぷう》のごとく俺の手から瘴気香を奪《うば》い取る。

『うっぴょー！！　あま～いラキ！　はぐはぐ……。うぴょっ！』

ううむ、複雑な心境だが……。

美味《おい》しそうに齧《かじ》っているラキモンを見ると心が和《なご》む。

モンスであるラキモンにはお菓子《かし》のようなものなんだろう。

「ホントに好きなんだな……」

『ぴょ～、ダンちゃんありがとラキ！』

食べ終わると嬉《うれ》しそうにぴょんぴょんと飛び跳《は》ね、ラキモンはダンジョンへ戻《もど》っていった。

「意外とクールというか……」


なんとなく寂《さび》しい気持ちになりながらも、ダンジョンのOPEN準備にかかる。

チラシの効果は、まだ実感していない。

まあ、そんなすぐにはなぁ……と思いながら表を箒《ほうき》で掃《は》く。

しかし、そろそろ階層も増えて良さそうな気もするが、それも欲張りというものか。

「よし、綺麗《きれい》になった」

表を掃き終えて、入り口周りの拭《ふ》き掃除《そうじ》、更衣室《こういしつ》の清掃《せいそう》、石鹸《せっけん》のラップ巻きなど、細々とした作業を手際《てぎわ》よく終わらせて、デバイスをOPENにした。

「すみません、ここはD&Mダンジョンでしょうか？」

おっと、早速誰《さっそくだれ》か来たようだ。

色白で幼く見える青年、真っ白なシャツに短パンというラフな格好なのだが、凛《りん》とした気品のようなものを感じる。

「はい、ここですよ！」

初めて見る人だ、よしっ！

青年は俺を見て微笑《ほほえ》んだあと、よく通る声で言った。

「良かった。実は昨日、ダイバー試験に合格した時に、こちらのチラシを拝見しまして」

物腰《ものごし》も柔《やわ》らかな印象だ。

「おお！　ご覧いただけましたかっ！」

「はい、とても親切に書かれているなと感じました」

「それは、いやぁ、ありがとうございます、へへ」

俺が照れ笑いを浮《う》かべていると、青年が切れ長の目をこちらに向ける。

「それで、一つご相談があるのですが」

「え、はい、僕《ぼく》に出来ることでしたら」

「ありがとうございます。実は、大学でダイバー同好会を開いているのですが、メンバー全員で昨日免許《めんきょ》を取ったばかりなんです。それで、良かったらレクチャーをして頂けないかと思いまして」

「なるほど……」

レクチャーか、これは願ってもないチャンスだ。

それに、大学のサークルだと、定期的に纏《まと》まった人数で利用して貰《もら》えるかも知れない。

「どうでしょうか？」

青年は窺《うかが》うように俺を見た。

俺は少し考えた後で「わかりました大丈夫《だいじょうぶ》ですよ」と笑顔《えがお》で返事をする。

「ありがとうございます、ちょっと皆《みな》と相談して、改めて連絡《れんらく》してもいいですか？」

「あ、はい、もちろん。じゃあ連絡先を……」

俺はスマホの番号を青年に教えて自己紹介《しょうかい》をする。

「店長の壇《だん》ジョーンっていいます、よろしくお願いします」

「本名なんですか？」

青年は不思議そうな顔で俺を見た。

「あ、父が米国人なので、全然和顔なんですけど。ははは」

「そうだったんですね、僕は山河《やまかわ》大学三年の鈴木蒼真《すずきそうま》といいます」

鈴木くんは姿勢を正して頭を下げた。

「どうもご丁寧《ていねい》に、あ、良かったらジョーンって呼んで下さい。あと人数と予算なんかもできれば提示してもらえると助かります。では連絡お待ちしていますね」

「はい、よろしくおねがいします」

鈴木くんは、矢鱈《やたら》さんに負けないような白い歯を見せて、帰っていった。

あれは多分、剣道《けんどう》とか武道をやってたんじゃないかな？

体幹が通っているというか、身体《からだ》の芯《しん》がぶれないというか、うーん大したもんだ。

さて、これは、かなりのチャンスだぞ。

よーし、早速プランを練らねば。

レクチャーか、どんなものにすればいいのか？

うーん、威勢《いせい》よく受けたものの……。

ダイバー試験に合格したという事は、基礎《きそ》知識はあるということ。

とにかく、レクチャーよりも実践《じっせん》するほうが早いのだが、それを言ったらおしまいである。

何より、最初は誰でも怖《こわ》かったり、難しく考えたりするものだ。

「となると……」

レクチャー後に、うちに通ってもらう事が大事だよなぁ。

俺はデバイスの全体マップを開き、フロアを確認《かくにん》していく。

こうやって見ると、だいぶモンスも増えてきたな……。

マップモードの赤い点で、モンスの数や大体の場所はわかる。ビューに切り替《か》え確認。

ビューの映像は画質が粗《あら》い。特徴《とくちょう》のあるモンスならすぐわかるのだが……。

分かりづらいモンスや、動きの速いモンスはビューで追うだけで手一杯《ていっぱい》だ。

追っている間に、他のモンスがじっとしていてくれればいいのだが、そういうわけにもいかない。以前のように、モンスが少なければ十分確認できたが、この分だと、あれをやらなければならないだろう。

モンス洗いを！

※モンス洗い……業界用語でダンジョン内のモンスを直《じか》にチェックする事をさす。

――閉店後。

俺はデバイスをメンテナンスモードに切り替え、メモ帳を持ってダンジョンへ入る。

笹塚《ささづか》時代を思い出すなぁ。良く年末にリーダー曽根崎《そねざき》とやらされたもんだ。

たっぷり二時間程《ほど》かけてチェックを終え、一階へ戻って麦茶を飲んだ。

「あ～、疲《つか》れた」

以下、メモの内容そのまま。

印なし……下位種　★……中位種　★★……上位種

☆……G　K《ゲートキーパー》　☆☆……ユニークモンス（同種に比べて少し強い）

## 【一〜五階　洞窟タイプ】

一階……スライム
二階……ウツボハス　ババババット　トレント　スライム
三階……ババババット　フォックス（元ＧＫのやつだと思う）　スライム　ミルワーム
四階……ババババット　ミルワーム　フレイムジャッカル
五階……マッドグリズリー☆　ホーンラビット　ババババット　ミルワーム

## 【六〜十階　迷宮タイプ】

六階……ヴァンパイア・ロード★★★（石棺のみ確認、本体確認できず）
ミドロゲルガ　スケルトン
七階……ヴァンパイア・ロード★★★（石棺のみ確認、本体確認できず）
ミドロゲルガ　スケルトン　ボーンナイト
八階……スライム（こんなとこにも！）　スケルトン　ボーンナイト　ウィスパー
九階……ババババット　スケルトン　ボーンナイト　ヘルボーンナイト★★
ウィスパー　スコロペンドラ　ケローネ
十階……ヴァンパイア・ロード★★★（石棺のみ確認、本体確認できず、蓋なし）
ヘルボーンナイト★★　スコロペンドラ　ババババット　ウィルオウィスプ★★

印なし……下位種　★★……中位種　★★★……上位種
☆……ＧＫ　☆☆……ユニークモンス（同種に比べて少し強い）

## ◆【十一～十五階　密林タイプ】◆

十一階……スコロペンドラ　ポイズンウツボハス　ドラゴンフライ
ビッグスライム★★　ミセル　ケローネ　ゴブリン
十二階……スコロペンドラ　ドラゴンフライ　バブーン　ゴブリン
ビッグスライム★★　ケローネ　ナイトジャッカル　エンペラービートル
リッパー　カルキノス　リュゼヌルゴス★★　バルプーニ★★
十三階……池にフライングキラー（要注意喚起忘れずに）　リュゼヌルゴス★★
バルプーニ★★　ドラゴンフライ　※モンス少なめの印象
十四階……エンペラービートル　スパイラルモモンガ　ジャイアントオーク
リュゼヌルゴス★★　バルプーニ★★　ヘルハウンド★★　アウルベア★★
十五階……ミノタウロス☆☆　スパイラルモモンガ　デスワーム★★
リュゼヌルゴス★★　ケットシー★★　ドラゴンフライ
ケルロス★★（ケルベロスの幼体‼これはヤバい！嬉しい！可愛い！）

印なし……下位種　★★……中位種　★★★……上位種
☆……ＧＫ　☆☆……ユニークモンス（同種に比べて少し強い）

と、まあ大変だったわけだけども、かなり嬉しい内容となった。

ロードが確認できなかったのは残念だが、石棺があったので復活の可能性は高い。

しかし、なんと言っても、十五階のケルロス！　成体になれば、かなりの広告塔《こうこくとう》になる。

ただ、成長が遅《おそ》いのが難点だが……。

凄《すご》いダンジョンにもなると、一気に成体から発生することもあるというが、俺のダンジョン規模ではまだまだ先の話だろう。

ちなみに、ラキモンの姿は見えなかった。

たぶん、またウロウロして行き違《ちが》いになったのだろう。

まあ、神出鬼没《しんしゅつきぼつ》というのが売りでもあるし……。

俺は、ちょっと残念な気持ちになりながら、会った時の為《ため》に持っていた瘴気香を棚に片付ける。


しかし、新顔もちゃんと発生してたし、着々とダンジョンが活性化しているのがわかる。

メモを見ながら、うんうんと頷《うなず》き麦茶を注いだ。

さて、どうしたものか。

やはり初心者としては、五階のマッドグリズリーを倒《たお》すのが当面の目標になるだろう。

ならば、武具の説明と強化法、うん、これは間違いない。

そして、基本的なモンスタ種別ごとの特徴や戦い方。

五階までに植物系、魔獣《まじゅう》系、虫系、粘体《ねんたい》系がいるからそれで説明するとして、あとは質疑応答みたいな形がいいかな。

「こんな感じか……」

俺はスマホの時計を見た。

「うわっ！　もうこんな時間かぁ」

急ぎ、後片付けを始める。

「よし、続きは明日にしよう」

メモとスマホをポケットに入れ、デバイスをＣＬＯＳＥに。

フェンスの鍵《かぎ》をかけて、背伸《せの》びをしながら家に向かう。

辺りはすっかり暗くなっていたが、月明かりのお陰《かげ》で視界は悪くない。

あ、矢鱈さんに相談してみるかな？

いや、ダメだ。俺はぶるぶると頭《かぶり》を振《ふ》る。

いきなりまた、五月雨珠近《さみだれじゆこん》なんて出された日にはレクチャーにならない……。

そうだ、リーダー曽根崎に相談してみよう。

新人研修でいつも指導員だったもんな。

何かコツみたいなものを聞けるかも知れないし。

「おっと」

生暖かい突風《とっぷう》に背中を押《お》された。

上手《うま》くいけばいいなぁ……。

| | |
|---|---|
| 所持DP | 233782 |
| 来客15人 | 7500 |
| 石鹸5個 | 500 |
| 計 | 241782 |

# 閑話《かんわ》　紅小谷鈴音《べにこやすずね》のスタイリッシュな日常。

ファストフード店で、流れるように食事を済ませたあと、私は桂浜《かつらはま》へ向かった。

「クラーケンか……、矢鱈《やたら》くんもいないし、久しぶりにBONUSかも。ふふふ」

ご機嫌《きげん》な足取りで、高知駅からバスに乗り込《こ》む。

車内は、レイド狙《ねら》いのダイバーで満員だ。

皆《みな》がぎゅうぎゅう詰《づ》めで苦しそうにしている中、小柄《こがら》な私は、客と客の間にできた隙間《すきま》にすっぽりとハマり、悠々《ゆうゆう》とスマホを操作している。今日だけは、小さな自分に感謝したい。

しばらくして、周りの乗客がざわめき始めた。

多分、海が見え始めたのだろう。

耳を澄《す》ますと「めちゃ綺麗《きれい》じゃん」「すげーな海」などと聞こえてくる。

そろそろかな?

スマホをバッグに入れて、降りる用意をした。


――終点、桂浜、桂浜。お忘れ物のないよう、ご注意ください。

一斉《いっせい》に客が降りる。

流れに乗り、スタイリッシュに降車した私は、いざ桂浜ダンジョンへ向かう。

横を走り抜けるダイバー達《たち》を見て、ふっと鼻で笑った。
「ニワカね……」
レイド戦においては、レイドボスの情報が何より大事。
今回はクラーケンとわかっていて、何故《なぜ》急ぐ必要があるのか……ったく。
クラーケン単体に、そこまでの驚異《きょうい》はない。
では、何が問題か？

それは——眷属《けんぞく》である。

クラーケンの足は十三本。
足を落とすごとに、眷属であるミニクラーケン、『ミニクラ』が生まれるのだ。
不用意に足を落とすニワカダイバーがいれば、乱戦は避《さ》けられない。
ククク、見てみなさい。あの、向かっているニワカたちを！
きっと、乱戦になってるに違《ちが》いないわ。
「しかし、暑いわね……」
じりじりと照りつける太陽光を、バッグで防ぎながらハンカチで汗《あせ》を押《お》さえる。
やっと、桂浜ダンジョンに着いた頃《ころ》には喉《のど》がカラカラになっていた。
入り口横にある自動販売機《じどうはんばいき》で冷たいお茶を買う。

「ふぅ～生き返るわ～」

スマホを取り出して、全国各地に網《あみ》を張る情報収集体《リアル・クローラ》から寄せられた情報をチェックした。

名0011359号：『ちわっす、群馬でイベント。デスホース連続投入だって』
名0066667号：『群馬おつ、アンダーグラウンドでエルフ発見！』
名1405998号：『先輩《せんぱい》方、おつです。えっと岡山《おかやま》、倉敷《くらしき》でナンバーズが出たらしいっす！』
名0011359号：『マジかよっ！　No.は？』
名1405998号：『すみません、そこまではわからないっす』
名0066667号：『ちょｗｗ　おまｗｗ』
名0011359号：『おいおい、誰《だれ》か行ってこいよｗｗ』
……。

私が管理する巨大《きょだい》まとめサイト「さんダ」に必要な情報は、この情報収集体から集められた情報を、私というスタイリッシュ・フィルターを通した後に掲載《けいさい》される。情報収集体とは、私を頂点として形成された共同体、名もなき有志達《スタイリッシュ・ソサエティ》だ。

私は情報を整理し、スマホからサイトの更新《こうしん》をした。

「よし、これでオッケー」

スマホをバッグに戻《もど》し、桂浜ダンジョンの中に入る。

あー、冷房《れいぼう》が効いていて気持ちいい。

カウンター前には少し列ができていた。最後尾《さいこうび》に並び、順番を待つ。

私の番になりＩＤを店員に渡《わた》した。

「いらっしゃいませ、装備はどうしますか？」

「死の大鎌《デス・サイズ》、ゴスメイル、嘆《なげ》きの小楯《こだて》に——、探索者《たんさくしゃ》のポーチをお願い」

「かしこまりました」


装備を終えた私はダンジョンへ入った。

ここ桂浜ダンジョンは全三十階層の中規模ダンジョンだ。岩場は非常に狭《せま》く、ダイバーは点在する足場を頼《たよ》りに戦うしかない。水場に落ちると、一斉に水棲《すいせい》モンスが襲《おそ》ってくるので注意が必要だ。

ぴょんぴょんと足場を渡りながら、奥《おく》へ進んでいく。

水は濁《にご》っていて底は見えない。

どのぐらいの深さがあるんだろうか？

何が潜《ひそ》んでいるかも見えないし、想像するとちょっと不安になる。

「クラーケンは二十階層って言ってたわよね……よっと」

足場を飛び移ろうと飛んだその時、水面《みなも》から水飛沫《みずしぶき》が上がった！

『シャアアアーーーーーーーーー！！！』

「ふんっ！　来たわね！」

私はくるんと一回転して、足場へ着地する。

現れたのはシースネーク、中位種のモンスで毒は持っていない。

「うりゃ！」

死の大鎌を振《ふ》り抜くが躱《かわ》される。

シースネークは、ちゃぷんと水の中に戻った。

一瞬《いっしゅん》にして辺りが静けさに満ちる。

時折、ちゃぷ、ちゃぷと水面の揺《ゆ》らぐ音が聞こえて、そのたびに音がした方向に向き直す。

ふと、気づく。

「あ！　待つ必要ないんだった！」

つい、いつもの感じで倒《たお》そうとしていた。

今日の目的はクラーケン。それ以外に構ってる暇《ひま》はないのだ。

「またね」

私は水中で待っているであろう、シースネークに別れを告げ、先を急いだ。


——二十階層。

「そっち！　足単体で狙うなっつってんだろ！」

「誰か左側、サポートよろ！」

熱気に包まれ、大勢のダイバーたちの怒号《どごう》が飛び交《か》っていた。

クラーケンの畝《うね》る触手《しょくしゅ》が巨大な白い鞭《むち》のようにダイバーを弾《はじ》き飛ばす。

「ぐぁーーっ！！」

遠目に見ていると、明らかに動きの違うグループが何組かいる。どうやらレイド目当てのプロ連中も来ているようだった。

「さてさて……」

私はゆっくりと近づき、劣勢《れっせい》な左側のグループに混ざった。

連携《れんけい》の取れている右側グループに比べて、こっちはあまりにもバラバラ。

皆が好き勝手に攻撃《こうげき》をしている。

「……ったく」

大きく溜息《ためいき》をついたあと、私は死の大鎌を振りかざし叫《さけ》んだ。

「この、たわけーーーーーーーーっ！！！」

一斉にダイバー達が注目する。

「あんた達、バカなの？　一人で倒す力がないなら、連携取って落とすしかないでしょうがーっ！」

と捲《まく》し立てた。

「な、なんだと！　こ……」

ダイバーの一人が文句を言いかけた時、その隣《となり》のダイバーが止めて耳打ちをする。

「べ、紅小谷だと？」

驚《おどろ》いた表情で私を見るダイバー。

「そうよ、悪い？　私がさんダの管理人にして、スタイリッシュダイバー、紅小谷鈴音よ！」

高らかに宣言すると、何やらダイバーたちの声が聞こえてくる。

「へぇ、あれが……」

「意外と小さいな……」

「ぺったんこじゃん」

「そこっ！　もう一度言ったらコロスわよっ！！」

失礼なダイバーに向かって、死の大鎌を振った。

「ひっ！」

「ったく、そんなこと言ってる場合じゃないわよ！　四人一組になって！」

そう叫ぶと同時に、クラーケンの触手が水面を叩《たた》く！

凄《すさ》まじい水飛沫が壁《かべ》になり、視界を遮《さえぎ》った。

「不味《まず》い、来るわよっ！　避けてーー！」

水の壁越《ご》しに触手が襲ってくる。

「うわーーっ！！」

数人のダイバーが吹《ふ》き飛ばされて、カウンターに転送される。

「チッ」

私は舌を鳴らし、右側のダイバー達を見た。

向こうは均衡《きんこう》状態、カバーに来る気は無い……か。

ふんっ、様子見ってわけね。面白《おもしろ》い、やってやろうじゃないの！

――と、その時。

足元に触手が絡《から》みつく！　しまった――ミニクラーケン⁉

水中に潜んでいたミニクラが、こちらを劣勢と見て、一斉に襲ってきたのだ。

なかなか、したたかな戦いっぷりである。

「ちょ、この……」

ミニクラは調子に乗って、触手を絡め上半身へとその手を伸《の》ばす。

力比べでは勝ち目がない……。どうする？

「ふぁっ⁉」

ちょ、どこ触《さわ》って……、や……。

モゾモゾとゴスメイルの隙間から触手が入り込んでくる。

「はうぅっ！！」

冷たくてぬるりとした感触《かんしょく》に、思わず鳥肌《とりはだ》が立った。

「ひゃん！　ちょっと、や、くすぐった……。はうっ……⁉」

身悶《みもだ》えながらも、必死で抵抗《ていこう》し、状況《じょうきょう》を確認《かくにん》する。

見るとダイバーどもが、鼻の穴を大きく開き、アホ面《づら》で状況を見守っているではないか！

「た、たわけーーーっ！！　何をボーっと見てんのよーーーっ！！」

私が怒声《どせい》を浴びせると、アホ面のダイバーたちがハッと我に返り、ミニクラの触手を引き剥《は》がし

にかかった。

数人がかりで、ようやく引き剥がすと「だ、大丈夫《だいじょうぶ》っすか？」と若い男のダイバーが私を見る。

「大丈夫っすか、じゃねーーわっ！　ったく……。一応、礼は言っておくけども……。」

ゴスメイルにネバネバが付いて気持ち悪い。

あー、むかつく。絶対に許さないから！

「皆、クラーケンの急所は『目』よ！　まず、そこのチームはミニクラを引きつける！　そっちは陽動！　私と残りは最大火力で左目を狙う！　いいわねっ！」

「おーーーーっ！」


一斉にダイバーたちが、それぞれの役目をこなそうと走り出した。

その中で、一際《ひときわ》スタイリッシュな動きを見せる紅小谷鈴音。

深紅《しんく》の刃《やいば》を持つ死の大鎌を振りかざし、漆黒《しっこく》のゴスメイルを纏《まと》うその姿は、まるでダンジョンに咲《さ》く一輪の気高き華《はな》。


そう、人は彼女《かのじょ》を……。

いや、彼女こそ、自称《じしょう》スタイリッシュダイバー、紅小谷鈴音である——。

——レイド終了《しゅうりょう》後。

「紅小谷さん、お疲《つか》れ様っした！」

「紅小谷、凄《すご》かったじゃん？」

「その……、助かったぜ！」

私は次から次へと挨拶《あいさつ》に来るダイバーたちに笑顔《えがお》で応《こた》える。

人も少なくなって、ようやく着替《きが》え終わった私は桂浜ダンジョンを後にした。

しばらく歩いて立ち止まり、桂浜の海を眺《なが》める。

結局、私にはアイテムのドロップは無し。

まあ、結構なＤＰ《ダンジョン・ポイント》が入ったから良いんだけど、少し残念。

帰りのバス停で待っていると、矢鱈くんからメッセージが届いた。

『おつかれさん、四国にいるでしょ？　高知かな？　時間空いたら香川に寄ってよ』

「ったく……」

『何？　忙《いそが》しいんだけど？』

すぐに返事が届いた。

『新しくできたダンジョンの店長と仲良くなってさ。さんダで紹介《しょうかい》してあげてよ』

『矢鱈くん？　紹介はいいけどさ、頼《たの》み方っつーもんがあるでしょうがーーっ！　この、たわけー

――っ！！』

『ありがとう紅小谷。じゃ、待ってるよ』

「ぐ、ぐぬぬ……」

その時、帰りのバスがやって来て――私の代わりに大きな溜息をついた。

# あとがき

はじめまして、雉子鳥幸太郎《きじとりこうたろう》と申します。

まずは、この作品をどんな形であれ、手に取って頂いたすべての皆《みな》さまに、心より感謝を申し上げます。

ご存じの方もいらっしゃると思いますが、本作は「小説家になろう」様にて、WEB連載《れんさい》をしている作品です。大変光栄な事に、多くの読者様から応援《おうえん》して頂き、現在も不定期ではありますが連載を続けております。※主人公のジョーンがやっているSNS（@dungeonsuki）もありますので良ろしければ、是非《ぜひ》。


さて、今回の出版にあたり、WEB版を読まれている読者さまと、新たに手に取って頂いた読者さま、どちらにも喜んでもらえるエピソードは何だろうか？　と自分なりに考えた結果、WEB版ではあまり触《ふ》れていなかったJKキャラクター、絵鳩理俐《えばとりり》のエピソードとして、親友、蒔田香《まきたこう》との出会いを。

そしてもう一話、閑話《かんわ》として、本作に登場する女性キャラクターの中でも、かなり個性的な、紅《べに》小谷鈴音《こやすずね》のエピソードを書かせて頂きました。

こちらも、WEB版では触れなかった、紅小谷の日常を切り取った形です。反応が大変気になるところですが、少しでも楽しんで頂ければ幸いです。

最後に、お声がけを頂きました編集のKさま、素敵《すてき》なイラストを描《か》いてくださった細居美恵子《ほそいみえこ》さま、本当に感謝の言葉しかありません。

重ね重ねになりますが、某《ぼう》大手ダンジョン制作に携《たずさ》わって頂いた皆さまに、この場をお借りして心から厚く御礼申し上げます。

そして、何よりも読んで下さった読者の皆さまに、一番の感謝を捧《ささ》げます！

では、次巻でお会いできることを願って——。

雉子鳥幸太郎

DRAGON NOVELS
ドラゴンノベルス

# 某大手《ぼうおおて》ダンジョンをクビになったので、実家《じつか》のダンジョンを継《つ》ぎました。1


2019年4月5日　初版発行

著　　者　雉子鳥幸太郎《きじとりこうたろう》

発 行 者　三坂泰二

発　　行　株式会社 KADOKAWA
〒102-8177　東京都千代田区富士見 2-13-3
電話 0570-002-301（ナビダイヤル）

編　　集　ゲーム・企画書籍編集部

装　　丁　AFTERGLOW

印 刷 所　大日本印刷株式会社

製 本 所　大日本印刷株式会社

DRAGON NOVELS ロゴデザイン　久留一郎デザイン室+YAZIRI





KADOKAWA カスタマーサポート
［電話］0570-002-301（土日祝日を除く 11 時～13 時、14 時～17 時）
［WEB］https://www.kadokawa.co.jp/（「お問い合わせ」へお進みください）

※製造不良品につきましては上記窓口にて承ります。
※記述・収録内容を超えるご質問にはお答えできない場合があります。
※サポートは日本国内に限らせていただきます。

定価はカバーに表示してあります。





ISBN978-4-04-073119-3　C0093

カクヨム
書籍化作品
第3回カクヨム
Web小説コンテスト
特別賞
一人と二匹、
のんびり異世界
モフモフ生活。
DRAGON NOVELS

産業都市《カマド》で過ごす
ものづくり系スローライフ、開幕！
カクヨム
書籍化作品

# 極振り拒否して手探りスタート！特化しないヒーラー、仲間と別れて旅に出る 1

著：刻一　イラスト：MIYA*KI

ゲーム仲間達と強制異世界転生させられた青年は、
自分の直感を信じて、
皆とは別にひとり異世界に降り立った――。
神聖魔法を駆使する回復能力に特化しないヒーラーの
異世界のんびり旅はじまります。

好評発売中！

DRAGON NOVELS
ヒーラーですが
神聖魔法が
便利すぎて怖い!!

「」カクヨム
2,000万人が利用！
無料で読める小説サイト
カクヨムでできる
3つのこと
What can you do
with kakuyomu?
2
読む
Read
有名作家の人気作品から
あなたが投稿した小説まで、
様々な小説・エッセイが
全て無料で楽しめます
1
書く
Write
便利な機能・ツールを使って
執筆したあなたの作品を、
全世界に公開できます
3
伝える
つながる
Review & Community
気に入った小説の感想や
コメントを作者に伝えたり、
他の人にオススメすることで
仲間が見つかります
会員登録なしでも楽しめます！
カクヨムを試してみる
「」カクヨム https://kakuyomu.jp/ カクヨム 検索